Neo Mehmedinović

Dorit Linke

# FETT KOHLE

magellan

# PROLOG

Ich stehe gern hier im Dunkeln und schaue aus dem Fenster. Ich kann alle sehen, aber mich sieht niemand. Das ist cool, ich bin fast unsichtbar. Und vor ein paar Tagen, das muss ich Euch unbedingt erzählen, hat mich meine Unsichtbarkeit gerettet.

Normalerweise passieren hier bloß langweilige Sachen, das Übliche eben. Ein Besoffener kotzt ins Gebüsch, Penner räumen die Altkleidertonne aus. Penner darf ich nicht sagen, meint Mama immer. Das ist nicht korrekt und respektlos, weil es den Leuten nicht gut geht. Klar ist es schlimm, wenn man keine eigenen Sachen zum Anziehen hat.

Draußen auf der Straße ist mal wieder Geschrei, wahrscheinlich kloppt sich Murats Gang mit irgendwelchen Opfern. Mich respektiert Murat jetzt, was echt ein Wunder ist! Eigentlich bin ich nicht besonders cool, aber ich hab was Cooles gemacht. Ich hab zusammen mit Felix echte Gangster besiegt! Jeder im Kiez will plötzlich mit uns befreundet sein!

Ihr glaubt das nicht? Dann passt mal auf.

# TAG 1

Draußen wurde es dunkel. Ein blauer BMW fuhr immer wieder um die Kirche am Herrfurthplatz und hupte, vielleicht wollte er jemanden abholen. Es kam aber niemand aus der Kirche. Das nasse Kopfsteinpflaster glänzte im Licht der Straßenlaterne.

Wütend presste ich meine Nase an die Fensterscheibe. Wegen Kaminski, diesem Idioten, hatten Mama und ich uns mal wieder gestritten. Nach dem Abendbrot hat er mir befohlen, ihm ein Bier aus dem Kühlschrank zu holen, darauf hatte ich echt keinen Bock. Mama war sauer und schrie, dass sie mich am liebsten zu meinem Papa schicken würde. Der lebt auf Mallorca und badet jeden Tag im Mittelmeer.

Ich finde es doof, dass mein Papa so weit weg ist, das könnt Ihr mir echt glauben. Ich würde so gern ins Flugzeug steigen, über den Wolken schweben, die Sonne sehen und das Kribbeln im Bauch fühlen, wenn das Flugzeug landet. Und bei meinem Papa sein und nicht bei Kaminski. Der ist nämlich nur der Vater der Zwillinge, meinen Geschwistern, die jetzt im Zimmer nebenan pennen.

Meine Nase tat vom Herumdrücken an der Scheibe

ziemlich weh, also zog ich den Kopf zurück. Plötzlich heulte ein Motor auf. Ein weißer Lieferwagen raste die Schillerpromenade runter, schnell und ohne Licht. Er kam von rechts, obwohl das eine Einbahnstraße ist! Und direkt vor mir ging das Autofenster auf und eine Tasche flog raus. Sie landete im Müllcontainer, der am Straßenrand vor unserem Fenster stand.

Der Lieferwagen raste weiter und da kam ein Polizeiauto um den Herrfurthplatz gefahren. Es stellte die Sirenen an und raste vorbei. Die Tasche lag im Container, niemand hatte sie gesehen.

Wie versteinert schaute ich aus dem Fenster. In der Tasche konnte nur was ganz Wichtiges sein!

Durch den Vorhang beobachtete ich die Straße. Draußen war alles wieder ruhig, so als wäre nichts gewesen.

Ich schlich zur Wohnungstür und zog meine ausgelatschten Joggingschuhe an. Meine Beine zitterten vor Aufregung. Ich machte kein Licht im Hausflur, lief raus auf die Straße, durch den Nieselregen zum Container und kletterte rein. Die Tasche lag zwischen einem verrosteten Kühlschrank und einem braunen Sessel mit Blumenmuster. Ich krabbelte über einen kaputten Fernseher und griff nach der Tasche. Direkt hinter mir raschelte es. Erschrocken schaute ich mich um. Zwei gelbe Augen funkelten mich an. »Miau!«

Erleichtert atmete ich aus. Es war nur eine schwarze Katze, die hinter einem Abfallberg hervorsprang und über das Kopfsteinpflaster davonrannte.

Plötzlich hörte ich Sirenen, ein Polizeiwagen kam näher.

Ich zog den Kopf ein, presste mich an den Fernseher und bewegte mich nicht. Ich hielt die Luft an. Gleich würde die Polizei mich erwischen!

Aber dann entfernten sich die Sirenen wieder. Ich musste echt sehen, dass ich wegkam, und zwar so schnell wie möglich. Ich schnappte mir die Tasche und hüpfte aus dem Müll.

Als ich am Hauseingang war, knatterte hinter mir ein Motorroller. Jemand fuhr auf mich zu! Ich bekam eine richtige Gänsehaut. Vor Angst drehte ich mich nicht um, sondern riss hastig die Tür auf und verschwand im dunklen Hausflur. Einen Moment blieb ich stehen und horchte. Mein Herz schlug wie verrückt. Das Knattern wurde immer lauter und hörte direkt vor unserem Haus auf. Ich musste sofort zurück in die Wohnung. Dort knallte ich direkt gegen den Schuhschrank.

»Was ist los?«, rief Mama aus dem Wohnzimmer.

»Bin aus Versehen gegen den Schrank gestoßen«, rief ich.

»Pass doch auf, Niklas!«

»Ist gut!« Ich lief in mein Zimmer, machte die Tür zu und knipste das Licht an.

Vorsichtig stellte ich die Tasche aufs Bett. Braun und aus Leder, zwei Klickverschlüsse, die man abschließen konnte, und ein großer Henkel zum Umhängen.

Euch kann ich es ja sagen: Ich gruselte mich davor, die Tasche zu öffnen. Es hätte schließlich eine Bombe drin sein können! Oder Vogelspinnen!

Und gleichzeitig war ich total neugierig. Ich musste es

genau wissen und nachschauen. Da merkte ich, dass der Vorhang nicht zugezogen war. Jeder, der draußen vorbeilief, konnte mich sehen. So ist das, wenn man im Erdgeschoss wohnt, die Leute glotzen immer rein und wollen wissen, was man so macht, das nervt total.

Bei der Sache mit der Tasche wollte ich echt keine Zuschauer haben, ich sprang schnell zum Schalter und knipste das Licht wieder aus. Dann lief ich zum Fenster und riss an den schweren Vorhängen.

Ich hatte es schon fast geschafft, als ich einen Mann sah, der mitten im Container und zwischen dem Müll stand. Ich kannte ihn sogar, es war der Cowboy. Der wohnt im Nachbarhaus und wird so genannt, weil er immer in Lederstiefeln und mit breitem Hut rumrennt.

Der Cowboy schmiss Stühle, Bretter und Eimer im Container durcheinander und blickte sich hektisch um. Mir war natürlich klar, was er suchte. Die Tasche! Dann sprang er mit leeren Händen zurück auf die Straße, schaute zum Mittelstreifen der Schillerpromenade, zur Kirche und zu den Häusern am Herrfurthplatz. Sein Blick wanderte zu meinem Fenster und ich versteckte mich schnell hinter dem Vorhang. Als ich mich wieder traute hervorzulugen, war der Cowboy zum Glück nicht mehr da.

Er hatte also was mit der Tasche zu tun! Jetzt musste ich erst recht wissen, was da drin war.

Ich zog die Vorhänge richtig zu und schaltete nur die kleine Lampe an meinem Schreibtisch an, damit so wenig Licht wie möglich von draußen zu sehen war. Ich ging zum

Bett und drückte vorsichtig die Klickverschlüsse der Tasche runter. Sie waren nicht abgeschlossen. Ich hielt den Atem an und öffnete langsam die Tasche. Das Knirschen des Leders klang unheimlich in der Stille, wie in einem gruseligen Horrorfilm. Mir war richtig schlecht.

Voll krass! Der Hammer!

Das könnt Ihr Euch nicht vorstellen.

So was hatte ich noch nie gesehen.

Es war Geld. Ein riesiger Haufen Geld!

Ganz viele Scheine durcheinander: Hunderter, Fünfziger, Zwanziger, Zehner und Fünfer.

Ich starrte sie an und war wie gelähmt. So viel Geld!

Ich griff nach ein paar Scheinen und ließ sie aufs Bett fallen. Was sollte ich jetzt machen? Noch nie in meinem Leben hatte ich so viel Geld gesehen. Wieder nahm ich ein paar Scheine raus und tastete darüber.

Es war pures Glück, dass ich in dem Moment, als der Wagen kam, auf die Straße geguckt hatte. Aber wo kam das Geld überhaupt her? Und warum hatten es irgendwelche Leute in den Container geworfen?

Vielleicht war es gar nicht echt? Es sah aber verdammt echt aus. Das musste ich unbedingt rausfinden. Ich ging zum Regal, nahm mein Sparschwein und öffnete vorsichtig die kleine Tür an seinem Bauch. Mit zittrigen Händen fischte ich meinen Fünfeuroschein raus.

Ich setzte mich aufs Bett und hielt den Schein ins Licht. Ich sah einen silbernen Streifen und einen durchs Papier schimmernden Kopf, Wasserzeichen heißt das, glaube ich.

Auf der rechten Seite gab es mehrere silberne Aufdrucke wie bei einem Rubbellos. Ich hielt einen Fünfeuroschein aus der Tasche daneben. Er sah genauso aus wie meiner.

Also zumindest der Fünfeuroschein war kein Falschgeld. Und wenn der echt war, waren es die anderen Scheine bestimmt auch.

Ganz ehrlich? Mir war total komisch im Magen. Das wäre Euch bestimmt auch so gegangen. Das war die Chance, auf die ich gewartet hatte. Unsere Familie konnte das Geld echt gut gebrauchen. Seit über einem Jahr war unsere Spülmaschine kaputt, Laura und Leon brauchten neue Schuhe, Mama duschte immer kalt, um Strom zu sparen. Und ich musste dringend einen neuen Computer haben. Meiner ist nämlich schon zehn Jahre alt und macht komische Geräusche, als würde er dauernd pupsen.

Ich starrte auf den Haufen Scheine. Wenn ich Mama mit dem Geld helfen würde, wäre sie endlich wieder stolz auf mich, dachte ich. Und sie würde mich wieder so lieb haben wie früher. In der letzten Zeit war sie nur noch genervt und meckerte ständig rum. Das war aber auch kein Wunder. Ich hatte mich in der Schule ziemlich verschlechtert und außerdem ganz schön viel Mist gebaut.

Das konnte ich jetzt wiedergutmachen.

Ich musste unbedingt wissen, wie viele Euros es überhaupt waren, und sortierte blitzschnell die Scheine. Leise begann ich, das Geld zu zählen.

»Hast du schon Zähne geputzt?«, schrie Mama im Flur, als ich ungefähr mit der Hälfte durch war.

Ich hielt den Schein fest, den ich gerade in der Hand hatte. »Mach ich gleich!«

»Und was ist mit den Hausaufgaben?«

Ich schloss die Augen, um mich zu konzentrieren. »Mach ich auch gleich!«

»Ja, dann mach aber mal hinne, damit es nicht wieder Ärger gibt! Heute Morgen hat mich schon wieder Frau Meyer-Kowalke angerufen!«

Meine Klassenlehrerin. Ich stöhnte auf. Jetzt war ich beim Zählen auch noch durcheinandergekommen und musste von vorn beginnen. Bei zweiundfünfzigtausendfünfhundert Euro hörte ich auf, weil Mama auf dem Flur herumpolterte und mich echt nervös machte.

Ich nahm mein Handy und tippte eine Nachricht an Felix. *Komm rüber!*

Er antwortete sofort. *So spät?*

*Ja, Mann, ist wichtig!*

Ich schaute durch die Vorhänge auf die Straße. Draußen war wieder alles normal und der Cowboy auch nicht zu sehen. Außerdem hatte es aufgehört zu regnen. Nach wenigen Minuten hörte ich das vertraute Rollen von Felix' Skateboard.

Ich warf die rote Ferrari-Decke über die Geldscheine und lief zur Wohnungstür, um ihn reinzulassen. Er hatte seinen schwarzen Kapuzenpulli an, auf dem vorne ein Wolf mit orange leuchtenden Augen zu sehen war.

»Hallo«, sagte er leise.

Sein linker Arm steckte in Gips. Er war auf dem Flug-

feld mit seinem Drachen abgestürzt und auf den Asphalt geknallt. Dabei hatte er sich den Arm gebrochen und seine Mutter hatte gar nicht mehr aufgehört zu schimpfen.

Ich wollte mit Felix im Zimmer verschwinden, aber Mama erwischte uns im Flur.

Sie sah komisch aus mit ihrer gelben Jogginghose und dem roten Schlabberpulli, voll peinlich. Und sie färbte sich gerade die Haare und hatte ein Handtuch um den Kopf gewickelt.

»Ihr müsst morgen in die Schule! Es ist schon nach neun!«

»Entschuldigung.« Felix schob sich die Kapuze vom Kopf, sodass seine roten Haare zum Vorschein kamen.

»Ich hab noch 'ne Frage zu Mathe«, sagte ich schnell.

»Um die Uhrzeit? Könnt ihr das nicht morgen in der Schule besprechen?«

»Dann ist es zu spät«, meinte ich.

Mama winkte genervt ab und lief ins Bad. »Zehn Minuten, mehr nicht!«

Wir gingen in mein Zimmer, Felix legte sein Skateboard auf die Dielen. Es hat ein cooles Motiv, einen grünen Außerirdischen mit roten Zähnen.

»Was gibt's denn so Wichtiges?«, fragte er.

»Das ist jetzt echt krass«, flüsterte ich. »Krieg keinen Schreck!«

»Was denn?«

Ich schlug die Ferrari-Decke zurück. Felix starrte auf das Geld und klappte den Mund auf. Nach einer Weile schaute er zu mir hoch. »Was … äh …«, begann er zu stottern.

»Hammer«, rief ich.

»Aber …«, er blickte mich fragend an. »Aber woher hast du das denn?«

»Gefunden. Vor meiner Haustür.«

»Gefunden?«

»Irgendwelche Leute haben es aus einem Lieferwagen geworfen. In den Müllcontainer!«

Felix verzog sein Gesicht. »Aber warum denn?«

»Keine Ahnung. Sie wurden von der Polizei verfolgt! Ich hab die Tasche aus dem Auto fliegen sehen. Und sie mir dann geholt. Super, oder?«

»Ist es echt?« Felix legte den Kopf schief und betrachtete die Scheine. Schon wieder stand sein Mund offen.

»Glaube ja, den Fünfeuroschein habe ich schon überprüft. Und auf der Straße ist wegen der Tasche ziemliches Theater gewesen. Der Cowboy von nebenan war auch da und hat im Container gewühlt. Für einen Haufen Falschgeld hätte der das bestimmt nicht gemacht. Ob der wohl etwas mit der Sache zu tun hat?«

»Die haben das Geld sicher irgendwo geklaut«, sagte Felix.

Ich nickte. »Ich wette, das waren richtige Gangster!«

»Und du hast dir die Tasche einfach so geholt? Hattest du denn keine Angst?«

Ich schüttelte den Kopf. »Nö.«

»Wie in einem Film«, murmelte Felix und schaute über die Scheine. »Und was machen wir jetzt damit?«

»Weiß noch nicht.«

Er kratzte sich am Hals. »Die Gangster suchen doch bestimmt nach dem Geld. Die wissen ja schließlich, wo sie es hingeworfen haben!«

Genau in diesem Moment hörten wir ein Auto langsam über das Kopfsteinpflaster der Schillerpromenade fahren. Felix sprang zum Fenster und ich knipste schnell das Licht aus. Jetzt war es richtig finster im Zimmer.

Felix war auf der rechten Seite des Fensters und ich auf der linken. Ich schob den Vorhang ein kleines Stück beiseite.

Es war der weiße Lieferwagen!

Und er hielt direkt vor meiner Haustür!

Die Beifahrertür öffnete sich und ein Mann stieg aus. Ich konnte ihn im Licht der Straßenlaterne gut erkennen. Er hatte eine schwarze Lederjacke und weiße Joggingschuhe an und lief den Bürgersteig entlang. Obwohl es dunkel war, trug er eine Sonnenbrille. Und ein Basecap.

»Das muss einer von ihnen sein!«

»Glaub ich auch«, flüsterte Felix. »Der sieht aus wie ein richtiger Gangster. Oh Mann! Er ist nur ein paar Meter entfernt.«

Mir blieb echt fast das Herz stehen. »Beweg dich nicht!«

Der Gangster kletterte in den Container, kramte darin rum. Er bückte sich und stand wieder auf.

»Er checkt die Lage«, flüsterte Felix, als hätte ich keine Augen im Kopf.

Dem Gangster fiel das Basecap runter. Er hatte eine Glatze. Schnell setzte er es sich wieder auf, sprang zurück auf den Bürgersteig und wich einem Hundehaufen aus. Ich sah noch einen Mann zum Container laufen.

»Das ist er«, flüsterte ich aufgeregt. »Der Cowboy!«

Der mit der Glatze ging sofort auf den Cowboy los, packte ihn am Kragen und hob ihn in die Luft. Er schüttelte ihn so doll durch, dass dem Cowboy der Hut vom Kopf flog und seine blonden Haare im Wind flatterten.

»Warum macht der das denn?«, fragte Felix ängstlich. »Ich dachte, die gehören zusammen?«

»Der mit der Glatze denkt vielleicht, dass der Cowboy das Geld genommen hat«, flüsterte ich. »Vielleicht sollte er die Tasche verstecken oder so.«

Wütend setzte der Mann den Cowboy zurück auf den Boden. Der rief laut: »Nein, nein, nein«. Dann zeigte er plötzlich mit dem Finger auf unser Haus.

Wir zogen schnell die Köpfe ein.

»Was soll das denn?«, flüsterte Felix.

Meine Kehle schnürte sich vor Angst ganz eng zu. Vorsichtig lugte ich durch den Vorhang. Die beiden starrten zu meinem Fenster.

»Scheiße«, flüsterte ich.

»Wenn die wissen, dass wir das Geld hier haben, können wir gleich einpacken«, jammerte Felix. »Die machen uns voll fertig!« Seine Zähne klapperten beim Reden aufeinander, so aufgeregt war er.

Der Gangster gab dem Fahrer ein Zeichen. Er schaute wieder zu meinem Fenster und zu unserer Haustür.

»Mist, die ahnen echt was.« Mir war richtig übel.

»Wir müssen deiner Mutter sagen, dass sie niemanden reinlassen soll. Die killen uns doch gleich. Mit solchen Leuten darf man sich niemals anlegen!« Er hockte sich auf die Dielen und umklammerte seine Beine.

Plötzlich öffnete sich die Fahrertür und ich hörte eine laute Stimme. Der Gangster auf dem Bürgersteig hob den Kopf, sah die Straße runter und lief dann schnell auf den Lieferwagen zu. An der Autotür schaute er sich noch mal um. Seine Sonnenbrille starrte mich an. Hatte er mich etwa gesehen?

»Was ist los?«, murmelte Felix ängstlich.

»Der mit der Glatze steigt in den Lieferwagen. Und der Cowboy auch.«

Der Motor startete und der Fahrer trat so stark aufs Gaspedal, dass der Wagen einen Satz nach vorn machte. Er raste davon.

»Puh!« Erleichtert atmete ich aus.

»Warum hauen die denn ab?«, fragte Felix.

In diesem Moment hörte ich die Sirenen, die lauter wurden und näher kamen. »Polizei«, flüsterte ich.

Felix zog sich am Fensterbrett hoch.

Ein Polizeiwagen kam an der Kirche vorbei, aber der weiße Lieferwagen war längst wieder verschwunden.

»Schwein gehabt«, sagte ich.

»Ja, jetzt«, flüsterte Felix. »Aber die kommen wieder und machen uns alle. Das sind echte Gangster! Wir müssen das Geld unbedingt zur Polizei bringen.«

»Nein«, rief ich, »auf gar keinen Fall!«

»Du willst es behalten?«, fragte Felix total erstaunt.

»Ja klar, was denkst du denn! So eine Chance gibt es im Leben nicht noch mal, die lasse ich mir doch nicht einfach so entgehen! Das ist wie ein Sieg bei DSDS!«

»Aber das geht doch nicht«, murmelte Felix.

»Und warum nicht? Überleg doch mal, was wir alles damit machen könnten. Wir könnten den Leuten hier im Kiez helfen, die haben doch alle keine Kohle. Meine Familie zum Beispiel ist auch arm und deine Mutter muss dauernd arbeiten und ist nie zu Hause.«

Im Flur war leises Schlurfen zu hören. Plötzlich ging die Tür auf, Mama stand im Rahmen. Mit dem um den Kopf gebundenen Handtuch sah sie aus wie ein Pirat aus der Karibik.

Oh nein, dachte ich. Mach bloß nicht das Licht an! Das ganze Bett ist voller Geld.

»Aha, Mathe im Dunkeln! Was bitte wird das hier?«

»Äh, wir sollen uns für Mathe die Geometrie des Raumes vorstellen«, sagte Felix ernst. »Hat Herr Altmeier gesagt.«

»Und das geht nur im Dunkeln«, rief ich.

»So, so! Fünf Minuten!« Mama knallte die Tür wieder zu. Schnell warf ich die Ferrari-Decke über die Scheine. »Hör zu. Wir müssen das Geld erst mal verstecken. Und dann denken wir in Ruhe darüber nach, was wir damit machen.«

»Und wo verstecken wir es?«

»Irgendwo draußen«, flüsterte ich. »Du haust jetzt erst mal ab und wartest vor meiner Haustür. Ich komme mit dem Geld gleich hinterher.«

»Ich weiß nicht«, meinte Felix. »Das ist doch total gefährlich. Die Gangster werden uns bestimmt sofort hinterherjagen.«

»Die kennen uns doch gar nicht. Und außerdem brauche ich jetzt deine Hilfe. Du bist doch mein bester Freund, oder nicht?«

»Hm.« Felix nickte, nahm sein Skateboard und schlurfte zur Wohnungstür.

»Bis morgen«, rief ich laut, damit Mama es hören konnte.

Felix verschwand im dunklen Hausflur.

Ich öffnete die Wohnzimmertür, um Mama Gute Nacht zu sagen.

Sie saß neben Kaminski, der eine Flasche Bier in der Hand hielt und sich am Bauch kratzte. Er trug ein weißes Unterhemd und bunte Boxershorts. Mama und er starrten in die Glotze und beachteten mich gar nicht.

Ich musste mich unauffällig benehmen, so wie sonst auch immer. Und weil ich jeden Abend eine Weile an der Tür stehe und in den Fernseher schaue, machte ich das jetzt auch. Es lief gerade Kaminskis Lieblingsserie über Auswanderer. Das sind Leute, die nicht mehr in Deutschland leben wollen und denken, dass es in einem anderen Land viel besser ist, weil dort die Sonne öfter scheint und so. Aber sie stellen sich beim Auswandern meistens ziemlich blöd an, können die Sprache nicht und sind dann voll eingeschnappt, wenn niemand mit ihnen redet. Kein Wunder!

Leider will Kaminski nicht auswandern. Ich hab ihm das

neulich vorgeschlagen und mir damit Stubenarrest eingefangen, angeblich weil der Spruch respektlos gewesen war.

Die Auswandererfrau im Fernsehen heulte gerade, weil die ganze Familie nur noch zwölf Euro und fünfzig Cent hatte.

»Was denn noch«, murmelte Mama, ohne mich anzuschauen.

»Ich wollte Gute Nacht sagen. Felix ist weg.«

»Wurde auch Zeit«, nuschelte Kaminski und machte eine Handbewegung in meine Richtung. »Tür zu, es zieht!«

»Nacht!« Ich schloss die Wohnzimmertür und ging in mein Zimmer. Das hatte schon mal gut geklappt. Im Schrank kramte ich nach der kleinen Schaufel, die Felix und ich immer benutzen, wenn wir auf dem Flugfeld nach alter Munition graben, die es dort geben soll, Reste vom Krieg und so. Bisher haben wir aber außer Steinen, Grillkohle und toten Mäusen nichts gefunden. Papas Messer lag auch im Schrank, aber das konnte ich jetzt nicht gebrauchen.

Ich stopfte die Geldscheine zurück in die Tasche und legte die Schaufel dazu. Dann zog ich mir meine blaue Lieblingsjacke an, öffnete das Fenster und lauschte in die Dunkelheit.

Eine Sekunde, zwei Sekunden.

Es war nichts zu hören, jedenfalls nichts Verdächtiges. Auf der Schillerpromenade sang George ein Lied, wahrscheinlich war ihm langweilig. George ist auch mal ausgewandert, er kommt aus England.

Ich horchte weiter am Fenster, als ich plötzlich Felix' helle Stimme hörte: »Nun komm schon, die Luft ist rein.«

Ich schaute raus. Felix stand ein paar Meter entfernt auf dem Bürgersteig und warf seinen Kopf hin und her, sein Skateboard lag vor ihm. »Die Polizei ist ein paarmal durchgefahren, aber jetzt scheint es ruhig zu sein.«

Ich gab ihm die Tasche und stieg aufs Fensterbrett.

Zum Glück kommt Mama abends nicht mehr in mein Zimmer, deshalb merkt sie es nicht, wenn ich nachts noch mal abhaue.

Ich sprang auf den Bürgersteig und zog hinter mir das Fenster zu. Man sah fast nicht, dass es offen war. Felix hüpfte schnell auf sein Skateboard und fuhr neben mir her.

Der Back-Shop an der Ecke hatte zu, aber im Café Istanbul in der Fontanestraße brannte noch Licht. Ein paar türkische Männer saßen um einen Tisch herum und spielten Karten.

»Wir müssen in die Hasenheide, da sind genug Bäume«, sagte ich. »Auf dem Flugfeld könnte man uns sehen.«

»Hasenheide ist gut«, flüsterte Felix. »Hauptsache, es geht schnell, und niemand sieht uns.«

Als wir über den Columbiadamm rüber waren, hörten wir schon den Lärm, der aus dem Park kam. Halb Neukölln war zu den Maientagen unterwegs. Jedes Jahr fahre ich mit Felix auf dem Rummel Karussell und wir essen Eis oder gebrannte Mandeln. Aber dafür war in diesem Moment keine Zeit, wir hatten was viel Spannenderes vor!

Aber wo sollten wir die Tasche vergraben?

»Wir müssen einen Ort suchen, wo nicht so viele Leute sind«, sagte ich.

»Vor allem hab ich gar keinen Bock auf die Dealer, die in den Gebüschen auf der Lauer liegen«, meinte Felix. »Vorgestern hab ich meinen Fußball gesucht und bin voll über einen gestolpert.«

Es war keine gute Idee, die Tasche im Dealer-Revier zu vergraben. Die verstecken ihre Drogen in der Erde und buddeln da andauernd rum. Unsere Lehrer warnen uns oft und sagen, dass Drogen der Anfang vom Ende sind. Die Leute, die Drogen nehmen, sehen echt krass aus und benehmen sich meistens ziemlich komisch.

Wir liefen an der Hasenschänke vorbei. Der Laden war schon zu, trotzdem saßen ein paar Typen im Dunkeln an den Tischen, tranken Bier und rauchten. Hier war es richtig laut, weil der Rummel ganz nah war.

Felix sprang vom Skateboard und drehte sich um sich selbst. »Irgendwo hier!«

Aber wo? Hasenschänke, Gebüsch, Wiese, Freiluftkino, Rosengarten.

»Ich hab eine Idee«, flüsterte ich. »Wir verstecken die Tasche im Rosengarten. Da sind keine Dealer. Und die Leute von der Hasenschänke können uns zwischen den Büschen nicht sehen.«

Also liefen wir zum Rosengarten und öffneten die kleine weiße Tür. Niemand war mehr da. Wir gingen zu einer Bank, die vor einem großen Busch stand.

Ich hockte mich hin.

»Wir müssen tief graben, am besten einen halben Meter«, flüsterte Felix. »Die Hunde buddeln die Tasche sonst wieder aus.«

Ich holte die Schaufel aus der Tasche und fing an zu graben. Felix leuchtete mit seinem Handy, während ich die Erde wegschippte. Im Augenwinkel sah ich immer wieder die Geldscheine in der Tasche. Das war alles total irre!

Ich schippte und schippte – und stieß plötzlich auf was Hartes. »Mist.«

»Was ist?«, fragte Felix.

»Da ist was!«

»Was denn?«

»Keine Ahnung. Vielleicht eine Leiche.«

»Du spinnst!« Felix leuchtete ins Loch. Ich grinste ihn an. Es war nur eine Wurzel.

»Mann, jag mir doch nicht so einen Schreck ein«, flüsterte Felix.

Ich grub weiter, es war anstrengend. Felix konnte nicht mithelfen, weil sein Arm eingegipst war. Er konnte nur leuchten. Und ich musste das Loch um die Wurzel herum graben, am Ende sah es komisch aus, wie eine Kartoffel.

»Es ist jetzt tief genug. Gib mir die Tasche!«

In diesem Moment klingelte Felix' Handy. Im Display leuchtete *Mama*.

»Geh nicht ran«, flüsterte ich.

»Nee, aber ich muss ihr schnell antworten und sagen, dass ich gleich zu Hause bin, sonst rastet sie aus.«

Seine Mama war ziemlich streng. Wenn sie gewusst hätte, was wir in dem Moment machten, wäre alles im Eimer gewesen. Sie wäre sofort angerannt gekommen und hätte alles vermasselt.

Felix gab mir die Tasche und tippte dann auf seinem Handy rum. Am liebsten hätte ich einen Spruch gemacht wegen *Mama* im Display. Felix tut immer so cool mit seinem Skateboard und dem Wolfskapuzenpulli. In Wahrheit ist er gar nicht cool, aber das verrate ich natürlich niemandem.

Ich stopfte die Tasche ins Loch, Felix drückte mit seinem Gips dagegen. Als sie tief genug in der Erde war, wollte er das Loch zuschütten.

»Warte mal!« Ich nahm ein paar Scheine aus der Tasche. »Wer weiß, ob wir das Geld jemals wiedersehen.«

Ich gab Felix etwas davon ab. Mechanisch griff er danach und starrte mich erschrocken an. »Das geht doch nicht.«

Ich ließ die Arme auf die Tasche sinken. Klar, er hatte recht, es war nicht unser Geld. Aber wir hatten noch nie welches gehabt und konnten uns noch nie was Tolles kaufen. Ich selbst brauchte ja gar nichts, abgesehen von einem vernünftigen Computer. Ich wollte Felix eine Freude machen. Er sollte auf dem Flugfeld nicht andauernd abstürzen und sich was tun.

»Hör zu«, flüsterte ich. »Das Geld ist bei uns viel besser aufgehoben als bei den Gangstern. Die kaufen sich nur Bier und Drogen. Und du willst doch endlich eine bessere Ausrüstung haben und nicht ständig mit deinem Kamikaze-Ding fliegen.«

Felix schaute traurig auf seinen Gips.

»Jetzt nimm schon!«

Er nickte stumm, stand aus dem Dreck auf und steckte die Scheine in seine Jeans. Mit dem Fuß schob er Erde zu mir und ich füllte damit das Loch. Zusammen trampelten wir den Boden fest und legten Laub auf die Stelle, damit am nächsten Tag alles aussah wie immer.

Ich wischte die Schaufel an ein paar Blättern sauber und steckte sie in meine Jackentasche.

»Und was nun?«, fragte mich Felix.

So genau wusste ich das auch nicht. »Wir warten erst mal ab, was passiert. Das Geld ist sicher und wir können in Ruhe nachdenken.«

Am Ausgang vom Rosengarten schaute ich mich noch mal um. Ungefähr zwanzig Meter entfernt war ein Schatten zu sehen.

»Ist das etwa George?«, flüsterte Felix.

»Weiß nicht.«

Wir starrten in die Dunkelheit. Noch immer kam Lärm vom Rummel. Ich blinzelte und plötzlich war der Schatten weg.

»Hab ihn mir wohl nur eingebildet«, flüsterte Felix. »Los, komm!«

Wir liefen an der Hasenschänke vorbei. Ich schaute nach links ins Gebüsch und dachte an Mama, die mir verboten hat, abends in die Hasenheide zu gehen, weil es dort sehr unheimlich ist. Überall sind Bäume, und man kann nicht sehen, ob dahinter jemand lauert. Am Tag macht mir das nichts aus, aber wenn es dunkel wird, weiß ich, dass Mama recht hat. Komischerweise denke ich im Hellen nicht dran.

Das Beste war, sich abzulenken. »Los«, rief ich. »Wer als Erster draußen ist!«

Ich rannte los und hörte, wie Felix hinter mir herrollte. Nach ein paar Metern hatte er mich eingeholt und blieb neben mir, obwohl er mich locker hätte überholen können.

»Immer echt gruselig hier«, rief er.

Auf dem Hauptweg war zum Glück mehr los, weil die Maientage für heute vorbei waren und viele Leute nach Hause liefen.

Wir konnten den hell erleuchteten Columbiadamm schon sehen, als uns plötzlich jemand den Weg versperrte. »Was macht ihr?«

Wir wurden langsamer, blieben stehen. Erkennen konnte ich niemanden, aber die tiefe Stimme kam mir verdammt bekannt vor.

»Das ist einer aus Murats Gang«, flüsterte Felix. »Justin, glaub ich.«

»Hasenheide ist gefährlich für Opfer. Fragt eure Mama!«

Wegen Justin hab ich echt schon viel Ärger gehabt. Der hat mich voll verarscht. Er hat mir versprochen, dass ich in die Gang aufgenommen werde, wenn ich die Mülltonnen im Hinterhof anzünde. Und ich Idiot hab das gemacht, total blöde Aktion!

Die Feuerwehr kam, die Nachbarn schimpften, es stank schrecklich nach Rauch. Und Mama war so sauer, dass sie Papa auf Mallorca anrief und petzte.

Aber das Fiese war, dass das alles nichts genutzt hat. Die Gang wollte mich gar nicht aufnehmen, die wollte nur die Tonnen abfackeln. Und ich hatte danach totalen Stress am Hals, das könnt Ihr Euch nicht vorstellen! Sogar das Jugendamt stand auf der Matte.

Und das Schlimmste: Am Tag nach dem Brand hat mich die Gang gleich noch mal fertiggemacht. Sie haben nach der Schule auf mich gewartet, schubsten mich rum und riefen, dass eine Mutprobe nicht reichen würde. Ich sollte noch ein paar coole CDs klauen. Justin knallte mir eine und befahl mir, sofort zu Woolworth zu gehen.

Klauen ist eigentlich nichts Besonderes, das hat fast jeder aus meiner Klasse schon gemacht, obwohl bei Woolworth überall Schilder hängen, dass man ins Gefängnis kommt, wenn man erwischt wird. Sogar die liebe Paula hat mal eine Tüte Gummibärchen in ihren Sportbeutel gesteckt und wurde erwischt, weil sie sich dabei mindestens zehn Mal umgeschaut hatte, total auffällig. Immerhin habe ich versucht, CDs zu klauen statt Gummibärchen. Aber der Detektiv schnappte auch mich, führte mich in eine Kammer ab und schüttete meinen Rucksack auf dem Tisch aus. Vier CDs von Helene Fischer, voll peinlich, ich hätte mich am liebsten weggebeamt.

Ich erklärte dem Detektiv, dass ich die CDs nur genommen hatte, weil vor dem Bushido-Regal zwei Verkäuferinnen standen und über Schuhe redeten. Ich kam an die Bushido-CDs gar nicht ran. Wegen Helene Fischer hab ich also Hausverbot bei Woolworth.

Und jetzt nervte Justin schon wieder und genau im falschen Moment. »Uaah!« Er hielt sich in der dunklen Hasenheide sein leuchtendes Handy unters Kinn und schnitt schreckliche Grimassen.

Felix kam dichter an mich ran.

»Was macht ihr hier? Hab euch vorhin gesehen, in Schillerpromenade mit Tasche. Los, sag, wo ist die?«

Felix zuckte zusammen und schaute auf den Boden, man sah ihm voll an, dass er ein Geheimnis hatte.

»Da waren ein paar Klamotten drin«, rief ich. »Hosen und Shirts. Wir haben alles in die Altkleidertonne geschmissen. Da!«

Ich zeigte auf die Tonne am Columbiadamm.

»Das geht jetzt alles nach Afrika«, meinte Felix. Er hatte gleich kapiert, dass ich Justin ablenken wollte. Auf Felix konnte man sich echt verlassen.

Justin zog Rotz hoch und spuckte ihn vor uns auf den Asphalt.

Er war zwei Jahre älter und spielte den Mafiaboss, obwohl Murat der Chef der Gang war. »Alte Kleider? Von deiner Mutter?«

»Nee, von den Zwillingen. Meine Mutter schmeißt nichts weg.«

»Ja, Mann! Sieht man.«

Ich wurde wütend, Felix packte meinen Arm und ich beruhigte mich wieder. Wir mussten sehen, dass wir schnell wegkamen.

»Und wo ist die Tasche?«, fragte Justin.

»Die war kaputt, wir haben sie mit den Klamotten weggeworfen.«

»Los, sag, was macht ihr so spät in meinem Revier?«

Der ließ echt nicht locker!

»Wir wollten nachschauen, was morgen bei den Maientagen los ist«, sagte Felix leise.

»Ihr Babys«, rief Justin. »Voll langweilig. Haut bloß ab.«

Er machte uns den Weg frei. Felix klemmte sein Skateboard unter den Arm und wir rannten Richtung Schillerpromenade.

»Das war knapp«, rief ich atemlos. »Zum Glück hat er nicht gefragt, was morgen bei den Maientagen los ist, ich weiß es nämlich gar nicht.«

»Eine Countryband spielt im Festzelt«, keuchte Felix. »Die heißt Claudi Blue Sky oder so. Mama will dahin.«

Er setzte sein Skateboard auf den Asphalt und rollte neben mir her.

»Die Altkleider gehen echt nach Afrika?«, fragte ich Felix.

»Nee, die holen sich heute Nacht die Zigeuner.«

»Zigeuner sagt man nicht«, rief ich.

Felix stoppte und schaute mich erstaunt an. »Echt nicht?«

»Nee, die heißen jetzt Cindy und Roman.«

Er riss die Augen auf. »Was? Nee!«

»Doch! Hat Herr Altmeier gesagt.«

Felix schüttelte den Kopf. »Das glaub ich nicht.«

»Hat er aber gesagt!«

»Das muss ich gleich mal googeln. Cindy und Roman, so ein Quatsch!«

Vor meiner Haustür war zum Glück nichts los. Keine Gangster zu sehen, auch kein Lieferwagen.

Ich schob mein Fenster auf und Felix machte Räuberleiter, so gut er es eben mit seinem Gipsarm hinkriegte. Ich versuchte, nicht draufzutreten, was gar nicht so einfach war.

»Was machen wir jetzt mit der Tasche in der Hasenheide?«, fragte Felix, als ich drin war.

Ich zuckte mit den Schultern. »Weiß noch nicht, aber ich denk drüber nach. Am besten schlafen wir jetzt erst mal.«

»O. k. Nacht.« Und er rollte mit seinem Skateboard davon.

Ich schloss das Fenster.

In der Wohnung war es still, alle pennten schon. Ich zog die Schaufel aus meiner Jacke und legte sie zurück in den Schrank.

Meine Hände waren total dreckig vom Graben, aber ich wollte nicht mehr ins Bad gehen, um sie zu schrubben. Das wäre zu auffällig gewesen. Also wischte ich sie mit Taschentüchern sauber. Die Fingernägel blieben aber schwarz. Schnell zog ich mich aus und haute mich ins Bett. Ich konnte nicht gleich einschlafen, weil ich so aufgeregt war.

Was wir alles erlebt hatten, wie in einem richtigen Kinofilm! Gangster, Polizei, Geld, Versteck.

Und niemand außer Felix und ich wussten davon. Das musste auch so bleiben. Mama konnte ich das nicht erzählen, die hätte einen Anfall gekriegt und wäre gleich zur Polizei gerannt.

Ich war gerade am Einschlafen, als mein Handy vibrierte.

Eine Nachricht von Felix. *Zigeuner heißen jetzt Sinti und Roma und nicht Cindy und Roman!*

»Oh Mann«, sagte ich leise. Felix ist so ein Klugscheißer und muss immer alles besser wissen, manchmal nervt das echt.

# TAG 2

»Das kann doch wohl nicht wahr sein!« Mama stemmte ihre Fäuste in die Hüften. Ihre Haare waren nach dem Färben richtig blond. »Wieso hast du so rabenschwarze Fingernägel?«

Laura und Leon schauten von ihren Tellern hoch. Ihre Platzdeckchen waren mit Cornflakes und Milch vollgeschmiert.

»Vielleicht arbeitet er nachts als Totengräber?« Kaminski strich sich übers Unterhemd. Er hatte sich mal wieder nicht rasiert. »Das wäre ja mal was.«

Laura und Leon rissen ängstlich die Augen auf.

»Red gefälligst nicht so vor den Kindern!«

Auf dem Herd zischte es und Mama nahm den Topf Milch runter, damit er nicht überkochte.

»Oder er hat auf der Schillerpromenade neue Bäume gepflanzt«, rief Kaminski. »Damit hätte er dann ausnahmsweise mal was Sinnvolles getan.«

Ich senkte den Kopf und biss in meine Honigstulle. Wäre ich doch bloß früher aufgestanden und hätte mir die Hände gewaschen. Aber ich war noch so müde von der Graberei mit Felix gewesen. Was für eine Aktion! Nie hätte ich gedacht, dass ich mal so viel Geld verbuddeln würde. Und vier rote Scheine lagen jetzt unten in meinem Ranzen, versteckt in einem Geheimfach. Vierzig Euro! So viel muss man bezahlen, wenn man in der U-Bahn schwarzfährt und erwischt wird. Das ist Felix neulich passiert und seine Mama hat ihm danach für einen Monat das Taschengeld gestrichen.

»So, nun aber mal los!« Mama klatschte in die Hände.

Laura und Leon sprangen auf und liefen auf den Flur.

»Du auch, Niklas!« Sie fing an, den Herd zu putzen. »Und wasch dir endlich die Pfoten. So kannst du doch nicht in die Schule gehen.«

Ich stand auf. Im Flur band ich Laura und Leon ihre Schuhe zu, rannte dann ins Bad, schrubbte meine Fingernägel und kämmte mir die Haare. Ich warf mir den Ranzen über die Schulter und ging mit den beiden los.

Jeden Morgen muss ich sie zum Kinderladen in die Schillerpromenade bringen. Früher, als Mama noch gearbeitet hat, hat sie das gemacht, der Kinderladen lag auf ihrem Weg. Jetzt hat sie keine Arbeit mehr und muss morgens nicht mehr aus dem Haus. Sie bleibt bei Kaminski auf dem Sofa sitzen, freiwillig! Kann ich echt nicht verstehen. Er ist der langweiligste Typ der Welt. Ich hasse ihn. Seinetwegen muss ich jeden Morgen zwanzig Minuten früher raus.

Vor dem Supermarkt am Herrfurthplatz stand George und rülpste. Er winkte mir fröhlich zu. Der Penner neben ihm hob seine Bierflasche hoch und schrie: »Mahlzeit!«

Leon kicherte und steckte Laura damit an. Die Zwillinge

laufen gern am Supermarkt vorbei, weil da immer was los ist. Ich packte sie an ihren winzigen Jacken und schubste sie weiter, damit sie nicht stehen blieben. Ich durfte nicht zu spät zur Schule kommen.

Das war echt ein besonderer Tag. Vierzig Euro! Ich überlegte auf dem Weg in den Kinderladen, was ich alles damit machen konnte. Zum Beispiel ganz oft ins Spreewaldbad gehen. Oder Mama das schöne Kleid kaufen, das es unten am Hermannplatz gibt. Oder mit Laura und Leon ins 3-D-Kino am Potsdamer Platz gehen.

Wir liefen am Bierbaum 3 vorbei, ein paar Harleys standen davor. Kaminski ist dort Stammgast, jedes Jahr tanzt er da in den Mai. Das sagt man so, wenn man am letzten Tag im April endlos Bier in sich reinkippt und die ganze Nacht Dart und Billard spielt.

Laura und Leon sprangen vor mir die Straße runter, ihre braunen Locken hüpften auf und ab. Meine Haare sind blond und glatt, wie die von Papa.

»Wir sind da!« Laura riss die Tür auf. *Kleine Hasen* steht auf dem bunten Schild an der Hauswand.

»Tschüs«, rief Leon und lief ihr nach.

Das war erledigt.

Ich rannte zurück zum Herrfurthplatz. Mein Ranzen war schwer und drückte. Erste Stunde Mathe, schöner Mist. Felix will mich dauernd davon überzeugen, wie toll Mathe ist, aber ich finde es doof. Zum Glück hilft er mir trotzdem bei den Hausaufgaben, sonst hätte ich noch größere Probleme, im Unterricht mitzukommen.

Plötzlich sah ich ein Auto um die Kirche fahren. Es kam mir voll bekannt vor. Ich lief langsamer, blieb stehen und hielt die Luft an. Es war der weiße Lieferwagen!

Er parkte am Straßenrand, der Motor wurde abgestellt. Die Türen öffneten sich, ich sah ein Bein, zwei Beine, drei Beine … Langsam stiegen zwei Männer aus. Den einen kannte ich: Es war der Glatzenmann!

Nur den Dicken hatte ich noch nie gesehen.

Geh weiter, sagte ich zu mir selbst. Benimm dich ganz normal.

Ich machte einen Schritt und noch einen, aber irgendwie klebte ich am Boden fest und konnte nicht mehr laufen! Die sehen mir doch bestimmt an, dass ich das Geld habe, dachte ich.

Der Glatzenmann blickte in meine Richtung und schob seine Sonnenbrille hoch.

Schnell weg! Ich drehte mich um und rannte die Straße runter. Der Ranzen hüpfte auf meinem Rücken hin und her und zerrte an der Schulter. Ich konnte die Blicke des Glatzenmanns richtig spüren. Sie durchbohrten mich von hinten.

Ich sah die *Kleinen Hasen* und sprang durch die offene Tür in den Kinderladen. Leon hatte sich beide Schuhe und die blauen Socken ausgezogen und lachte, als er mich sah. Laura saß auf einem kleinen roten Hocker und schaute verwundert zu mir hoch.

»Geht spielen«, flüsterte ich. »Ich muss gleich wieder los.«

Ich schaute raus auf den Bürgersteig. Niemand zu sehen.

Leon hüpfte barfuß zu mir rüber, der Rotz lief ihm aus der Nase und auf sein Spongebob-Shirt. »Holst du uns wieder ab?«

Ich zog ein Taschentuch aus meiner Jacke und putzte ihm die Nase. »Nein, ich muss zur Schule.«

Er fing an zu weinen. Das macht er oft. Ich strich ihm über seinen Wuschelkopf und dachte an die vierzig Euro. »Nicht weinen, ich bring dir nachher auch ein Geschenk mit.«

Er schniefte und schlurfte zu Laura zurück. Sie nahm ihn an die Hand und ging mit ihm in den Nebenraum, wo die anderen Kinder ihr Begrüßungslied sangen.

Ich drehte mich wieder zur Tür und beobachtete die Straße.

Auf dem Bürgersteig standen drei türkische Frauen mit Einkaufstüten und unterhielten sich. Zwei Fahrradfahrer kamen vorbei und auch der Mann mit dem Papagei auf der Schulter, der andauernd im Kiez unterwegs ist. Keine Gangster.

Irgendwo in der Ferne hörte ich das Knattern eines Motorrollers, das mir irgendwie bekannt vorkam.

Ich musste unbedingt zur Schule, durfte aber nicht über den Herrfurthplatz laufen, denn dort lauerten die Gangster im Lieferwagen. Also schlug ich einen Haken. Ich lief durch die Allerstraße, bog links in die Weisestraße ein und rannte ewig lange hoch bis zur Mahlower Straße, wo ich wieder nach links musste.

Plötzlich kam ein Motorroller die Straße runter und direkt auf mich zu. Er fuhr auf den Bürgersteig und schnitt mir den Weg ab.

Es war der Cowboy! Und da fiel es mir wieder ein. Seinen Motorroller hatte ich am Abend davor gehört. Und zwar in dem Moment, als ich die Tasche ins Haus getragen hatte.

Ich drehte mich um. Hinter mir stand der Glatzenmann. Und an der Ecke parkte der Lieferwagen, der dicke Gangster saß noch drin und glotzte zu mir rüber.

Es gab kein Entkommen.

Der Cowboy stieg vom Roller ab.

»He!«, rief er und packte mich an der Schulter. Er presste mich an seine Jeansjacke, die nach Rauch stank. »Warum läufst du vor uns davon?«

»Mach ich doch gar nicht!« Ich wollte mich wegdrücken, schaffte es aber nicht. Endlich lockerte er den Griff, hielt mich aber immer noch am Arm fest.

»Mein Unterricht beginnt jetzt! Ich muss zur Schule.«

»Die kann warten.« Der Glatzenmann hatte eine tiefe Stimme, nicht so wie der Cowboy, der sich wie eine Maus anhörte.

»Ich kenne dich«, piepste der Cowboy. »Du wohnst am Herrfurthplatz. Ich hab dich gestern in der Nähe vom Container gesehen.«

Was? Mein Herz blieb stehen.

Ich musste mich doof stellen. »Welcher Container denn?«

Der Cowboy quetschte meinen Oberarm. »Der vor deiner Haustür, welcher denn sonst?«

»Hä?«, machte ich. Was Besseres fiel mir echt nicht ein.

»Was hattest du da verloren?«

»Nichts! Sie müssen mich verwechseln.« Ich versuchte, meinen Arm wegzureißen, aber es klappte nicht.

»Aber ich habe dich gesehen!«

»Kann nicht sein.«

»Uns ist nämlich etwas Wichtiges verloren gegangen«, sagte der Glatzenmann ruhig.

»Und was kann ich dafür?«

»Und zwar …«, begann der Cowboy, aber der Glatzenmann zischte ihm barsch dazwischen.

»Die Lampe seiner Oma, ein antikes Liebhaberstück. Die hat der Idiot besoffen in den Container geschmissen.«

Der Glatzenmann holte aus und boxte dem Cowboy in den Rücken.

»Mann, ey!«, rief der Cowboy.

»Und die Lampe hätten wir gern wieder, sonst passiert ein Unglück«, sagte der Glatzenmann und schaute mich böse an.

Logisch, dachte ich. Er will nicht zugeben, dass er die Tasche mit dem Geld sucht. Und jetzt will er mich testen.

»Ich weiß nichts von einer Lampe«, stotterte ich. »Außerdem interessiere ich mich dafür auch gar nicht, hab genug Lampen.«

»Vielleicht hast du ja auch was anderes im Container gefunden«, sagte der Glatzenmann.

Ich schüttelte den Kopf. Der Cowboy drückte fester zu.

»Aua«, rief ich. »Ich war das nicht! Lassen Sie mich sofort los oder ich schreie ganz laut!«

Plötzlich bog Kaminski um die Ecke. Bestimmt war er auf dem Weg zu seinem Kumpel Jörg, mit dem er oft abhängt. Normalerweise freue ich mich nicht, wenn ich Kaminski sehe, aber an dem Tag kam mir das echt gelegen. Und wisst Ihr, warum? Weil er nämlich aussieht wie ein richtiger Verbrecher. Er ist fast zwei Meter groß und wiegt über hundert Kilo. Und am Hals hat er eine Tätowierung, eine Schlange. Als ich ihn das erste Mal in meinem Leben sah, habe ich mich vor Angst hinterm Sofa versteckt. Das ist aber schon lange her. Zum Glück war er noch immer nicht rasiert und wirkte deshalb noch fieser als sonst.

»He!«, brüllte Kaminski und kam auf uns zu.

»Wer ist das?«, fragte der Glatzenmann erstaunt.

»Mein bester Kumpel«, rief ich. »Der war sogar mal im Knast und hat dort alle vermöbelt, sogar die Wächter!«

Der Glatzenmann lachte leise, aber das Lachen verging ihm, als Kaminski schnaufend wie ein Bulle vor ihm stand.

»Was wird das hier?« Kaminskis Augen funkelten wütend. »Verzieht euch gefälligst!«

»Wir müssen was besprechen«, rief der Cowboy mit Piepsstimme.

»Ach ja?« Kaminski überlegte nicht lange. Er packte ihn an der Jacke und schleuderte ihn ein paar Meter von mir weg. Der Cowboy stolperte rückwärts und kam nicht wieder näher. Er hatte vor Angst ganz weite Augen und sein Schnurrbart zitterte.

Der Glatzenmann war stehen geblieben. »Nun mal mit der Ruhe«, sagte er. »Wir unterhalten uns einfach nett.«

Kaminski riss aggressiv das Kinn hoch. »So sieht mir das aber nicht aus. Habt ihr Vögel nichts Besseres zu tun, als mit dem Knirps hier zu quatschen oder was?«

Ziemlich finster schaute der Glatzenmann ihn an und schwieg.

»Haut ab, oder es gibt was aufs Maul«, brüllte Kaminski, ballte seine Faust und ging einen Schritt in ihre Richtung.

Schnell hob der Glatzenmann die Hände, trat zurück und nickte mir zu. »Wir sprechen uns noch!«

Ich hatte freie Bahn und wollte loslaufen, aber Kaminski hielt mich am Ranzen fest. »He, nicht so schnell, was wollten die von dir?«

»Keine Ahnung«, rief ich und zerrte an meinem Ranzen.

»Das glaub ich dir nicht.« Und er beugte sich von hinten über mich. »Also, noch mal zum Mitschreiben. Was wollten die von dir?«

»Die ärgern immer die Kinder im Kiez, heute war ich eben mal dran.«

Kaminski schüttelte den Kopf. »Verarschen kann ich mich selbst!«

»Und Mama ist sauer, wenn ich zu spät komme.«

Endlich ließ er mich los und ich rannte über die Straße.

»Kommst du doch sowieso«, brüllte Kaminski mir nach. »Wie immer!«

Natürlich hatte der Unterricht schon längst angefangen. Herr Altmeier sah mich streng an, als ich mich auf meinen Platz setzte.

»Wo warst du?«, fragte Hatice neben mir. Sie hatte ihre Stifte ordentlich vor sich auf den Tisch gelegt.

»Ruhe, bitte«, sagte Herr Altmeier. »Niklas, schau dir das Arbeitsblatt an und mach dir dazu Gedanken. Die anderen haben gerade eben damit begonnen.«

Er schob seine Brille hoch und nickte mir zu.

»Hast du Stift?«, fragte mich Hatice.

Ich nickte und kramte meine Federtasche raus. Es roch irgendwie komisch von unten. Als ich meine Schuhsohlen sah, wusste ich, warum.

Kacke! Bei der Rennerei zur Schule war ich voll in Hundescheiße gelatscht und hatte es nicht gemerkt. So ein Mist! Und wie peinlich! Ich durfte mich auf keinen Fall bewegen, damit Hatice nichts merkte. Ich hielt die Füße still, es stank aber trotzdem.

Ich las die Aufgabe. »Herr Zack kauft ein neues Auto. Sein altes verbraucht auf 100 km 12 Liter Benzin, das neue 10 Liter. Wie viele Liter Benzin wird Herr Zack auf einer 4.000 km langen Urlaubsreise weniger verbrauchen als mit dem alten Auto?«

»So ein Quatsch«, sagte ich leise zu Hatice. »Wer fährt viertausend Kilometer mit dem Auto? Das ist total weit.«

Sie schaute mich mit großen Augen an. »Wir! Wenn wir fahren Türkei. Sind zweitausend. Und zurück, viertausend zusammen.«

»Ihr fahrt die ganze Strecke mit dem Auto?«

Sie nickte ernst. »Schwöre!« Dann zog sie angeekelt ihre Mundwinkel runter. »Riecht voll nach Klo hier.«

Erhan meldete sich: »Ich weiß Antwort.«

Unauffällig stellte ich meine Füße nach hinten, sodass sie so weit wie möglich entfernt waren. Schon seit Langem wollte ich Hatice fragen, ob sie mit mir mal ins Kino gehen würde, aber das war echt nicht der richtige Moment dafür.

»Na dann!« Herr Altmeier sah Erhan erwartungsvoll an.

»Tausend Liter so.«

Herr Altmeier seufzte. »Und wie kommst du darauf?«

»Is' doch klar, Mann!«

»Nein, ist nicht klar, deine Antwort ist leider falsch.«

Bülent, der neben Erhan saß, flüsterte ihm was ins Ohr. Erhan boxte ihm in die Seite.

»Ey«, schrie Bülent und schlug zurück.

»Schluss jetzt, ihr beiden!« Herr Altmeier ging auf sie zu. »Hört sofort auf!«

»Aber er hat mich Opfer gesagt«, rief Erhan wütend.

»Ja«, rief Bülent. »Du hast dich voll verrechnet!«

»Ruhe!« Herr Altmeier beugte sich über sie. Das wirkte.

»Hier wird niemand beleidigt, nur weil er falsch rechnet. Du kannst das auch noch nicht so gut, Bülent.«

»Ich schwöre, Mann! Übe immer mit meinem Bruder, der ist voll gut in so was.«

»Und wie lautet die Antwort?«

»Weiß nicht diesmal, aber sonst immer.«

»Aha«, grummelte Herr Altmeier.

»Ich kann grad nicht denken, stinkt voll hier!«

Oh Mann, dachte ich. Immer ist in unserer Klasse Krach, was total nervt. Ich drehte mich zu Felix um. Er hatte sei-

nen komischen Blick, den ich gut kannte. Er grübelte, und ich konnte mir denken, was ihn beschäftigte. Die Tasche in der Hasenheide.

»Wer weiß die richtige Antwort?«

Felix meldete sich gelangweilt.

»War klar, du Opfer«, rief Bülent.

»Gleich, Felix.« Herr Altmeier schaute sich in der Klasse um. »Noch jemand vielleicht?« Er sah mich an. »Na, Niklas?«

»Äh … also.«

»Achtzig«, flüsterte Hatice neben mir. Sie weiß immer alle Antworten, meldet sich aber nie.

»Ähm, also achtzig kommt raus«, sagte ich.

»Vielen Dank. Dann erkläre uns doch bitte mal den Rechenweg.«

Ich schüttelte den Kopf. Blamieren wollte ich mich nicht, schon gar nicht vor Hatice.

»Und?«

»Kann nicht.«

»Spast«, rief Bülent.

Herr Altmeier ignorierte ihn. »Überleg mal, Niklas. Du warst doch immer gut in Mathe. Du könntest dich mehr anstrengen.«

Wütend stieß ich mit dem Fuß gegen das Tischbein. Alle taten immer so, als würden mir meine schlechten Noten nichts ausmachen.

Irgendwann ist es mit mir aber total bergab gegangen, und ich weiß auch wann: als Papa nach Mallorca ausgewandert ist. Ich schaute auf die Tischplatte und schämte mich. Es stank noch immer voll.

Ich war froh, als die Stunde endlich vorbei war. Auf dem Flur gab mir Felix ein Zeichen, dass er mit mir reden wollte. Wir liefen raus auf den Hof und suchten uns eine ruhige Ecke. Ich strich die Kacke an einem Ziegelstein ab.

»Du kennst doch Oma Hartmann aus unserem Haus«, flüsterte Felix aufgeregt.

Im Augenwinkel sah ich, dass Erhan und Bülent auf uns zukamen. Sie hatten rot-weiße Basecaps auf und ihre weiten Jeans hingen sonst wo. Jeden Tag machten die auf dem Schulhof Stress und nervten voll rum. Und dauernd ärgerten sie Felix und mich.

»Klar kenne ich Oma Hartmann«, sagte ich. Sie wohnt im Erdgeschoss, ist achtzig Jahre alt und hat zwei Katzen. Wenn ich die Treppe zu Felix hochstürme, kommt sie manchmal raus und schenkt mir Schokolade.

Erhan rempelte Felix an und Bülent trat mir auf den Fuß.

»Hört auf«, rief ich, aber Bülent drängte mich weg und lachte blöde.

»Mann, eh!« Felix beugte sich nach hinten, weil Erhan ihn am Hals packen wollte. Wir rissen uns von den beiden los und liefen ein paar Meter weiter weg.

»Mädchen«, rief Bülent. »Können voll nicht kämpfen. Langweilig!« Sie drehten sich zum Glück um und ließen uns in Ruhe.

»Also!« Felix holte tief Luft. »Oma Hartmann hat mir heute Morgen erzählt, dass gestern die Bank am Hermann-

platz überfallen worden ist. Und stell dir vor, sie hat ihre ganzen Ersparnisse auf der Bank. Zweitausendeinhundert Euro! Die sind jetzt alle weg.«

»Hammer«, rief ich aus. »Da kommt das Geld her. Von einem Banküberfall.«

»Und Oma Hartmann hat gesagt, dass sie jetzt ihre Katzen auf dem Flugfeld aussetzen muss, weil sie die nicht mehr füttern kann. Und dann hat sie geheult. Schöne Scheiße.«

Und der Glatzenmann war uns schon auf der Spur. Ich erzählte Felix, dass er und der Cowboy mich auf dem Weg zur Schule gestoppt hatten.

»Was?« Felix riss die Augen auf. »Woher weiß der denn, dass du das Geld hast?«

»Er weiß es nicht, aber er ahnt irgendwas.«

»Aber wieso denn?«

»Keine Ahnung!«

Ich wollte ihm nicht sagen, dass mich der Cowboy in der Nähe des Containers gesehen hatte. Es reichte schon, dass ich Angst hatte.

Hatice lief vorbei. Sie lächelte erst mich und dann Felix an. Er wurde rot und schaute schnell auf den Boden. »Das wird echt nicht gut für uns enden, das sag ich dir«, flüsterte er. »Wollen wir das Geld nicht doch lieber zurückgeben?«

Ich schüttelte den Kopf. »Das Geld ist unsere Chance. Ich werde es bestimmt nicht wieder hergeben. Und wie willst du außerdem der Polizei erklären, dass wir es einfach so versteckt haben? Die verhaften uns, wenn sie das hören.«

Felix wurde blass. »Oh Mann.«

Und ich komme dann ins Heim, dachte ich. Davor hatte ich echt am meisten Schiss. Kaminski hatte mir das nach der Aktion mit den brennenden Mülltonnen angedroht. Und eine Frau vom Jugendamt war auch schon bei uns zu Hause gewesen und hatte mit Mama über mich geredet. Danach kriegte Mama einen Heulanfall und schrie rum, dass sie das alles nicht mehr schaffen würde. Keine Ahnung, was sie meinte, bestimmt ihr Leben, so allgemein. Aber vielleicht meinte sie auch nur mich.

Ich packte Felix an der Schulter. »Am besten verhalten wir uns ruhig und reden jetzt nicht mehr miteinander. Komm nachher unauffällig zu mir.«

Er nickte und ging mit gesenktem Kopf über den Schulhof.

Auf dem Nachhauseweg fiel mir mein Versprechen ein, das Geschenk für Leon. Ehrlich gesagt, mir war richtig komisch im Magen, vor allem wegen Oma Hartmann. Es war nicht unser Geld. Aber ich hatte es Leon versprochen und Versprechen muss man halten.

Ich zog mir die Kapuze über den Kopf, damit man mich nicht so schnell erkennen konnte, und rannte die Wissmannstraße runter zum Hermannplatz. Ich ging durch die U-Bahn-Unterführung, weil es von dort einen direkten Eingang zu Karstadt gibt.

Außerdem hat Mama mir verboten, über die große Straße zu laufen.

Auf dem U-Bahnsteig stand der Mann mit dem Papagei auf der Schulter und drückte wild auf die Knöpfe vom sprechenden Infokasten. Der Papagei kackte ihm mal wieder auf die Schulter.

Aus dem Kasten kam eine Stimme. »Was kann ich für Sie tun?«

Der Mann schwieg und starrte den Kasten an. Ich ging schnell vorbei. Mama sagt nämlich immer, dass ich auf komische Leute nicht so achten soll. Eigentlich hätte ich den Mann gern mal gefragt, wieso sein Papagei nicht einfach wegflog, sondern brav bei ihm auf der Schulter sitzen blieb. Aber dafür hatte ich jetzt echt keine Zeit.

Hinter mir schrie der Papagei: »Zurückbleiben, bitte!« Er plapperte immer die U-Bahn-Ansage nach, weil der Mann dort dauernd mit ihm abhing.

Mit der Rolltreppe fuhr ich hoch zu Karstadt und ging in die Spielzeugabteilung. Puzzeln ist die Lieblingsbeschäftigung von Laura und Leon. Und sie mögen Tiere, also kaufte ich ein Bauernhof-Puzzle. Es hatte einhundertfünfzig Teile. Ich bezahlte und lief mit der Tüte nach draußen. Ich konnte ja nicht ahnen, dass es besser gewesen wäre, mich nicht so auffällig zu benehmen und Geld auszugeben!

Mit der Tüte in der Hand lief ich zur Hasenheide, weil ich durch den Park nach Hause laufen wollte. Drei Dealer standen mitten auf dem Weg und quatschten die Leute voll, mich ließen sie in Ruhe, weil ich noch zu klein bin und sowieso kein Geld habe. Die wussten ja nichts von den Scheinen in meinem Ranzen.

Ich stampfte den Berg hoch. Der Trampelpfad über den Rasen war total breit und ausgelatscht, weil die Leute dort immer mit Fahrrädern und Kinderwagen rüberwalzen. Ich sah, wie ein Mann einem anderen eine kleine Tüte zusteckte. Als der merkte, dass ich ihn anstarrte, schaute ich schnell weg. Mit den Leuten wollte ich mich echt nicht anlegen. Ein Polizeiwagen fuhr langsam den Hauptweg entlang. Als ich mich umdrehte, waren die Dealer verschwunden.

Das ist schon irgendwie komisch, dachte ich. Alle machen immer totales Theater wegen der Dealer, vor allem die Lehrer, aber verhaftet werden sie trotzdem nicht. Obwohl die Polizei weiß, wo die rumstehen. Jeder weiß es! Man könnte sie locker alle schnappen. Mama meint aber, dass das nichts nützen würde, weil dauernd welche nachkommen. So wie die Kaninchen in der Hasenheide, die vermehren sich auch ganz schnell.

Als ich am Rosengarten vorbeilief, tat ich so, als wäre dort nichts passiert, und zwang mich, nach vorn zu schauen. Auf der Bank vor unserem Versteck saß jemand, aber ich sah nicht hin. Klar hätte ich gern geguckt, ob alles okay und die Tasche noch da war, aber ich durfte echt nicht auffallen. Also ging ich einfach vorbei.

An der Hasenschänke saßen ein paar Leute rum. Zwei alte Männer spielten Schach, eine Frau strickte und ein Typ mit langem Vollbart war im Sitzen am Tisch eingepennt, mit der Hand hielt er eine Bierflasche umklammert. Niemand beachtete mich.

Wenn ihr alle wüsstet, was im Rosengarten vergraben ist, dachte ich, lief zum Ausgang der Hasenheide und von dort weiter zur Schillerpromenade.

Überrascht blieb ich stehen. Vor meiner Haustür stand Polizei! Schnell versteckte ich mich hinter dem City-Klo, lugte vorsichtig hervor und checkte die Lage.

Ein riesiger und ziemlich dicker Polizist redete mit einem alten Mann, der eine Zigarre rauchte und andauernd von einem Bein auf das andere wippte. Ein dünner Polizist stand daneben und glotzte hoch zur Kirche.

Benimm dich unauffällig, befahl ich mir.

Aber das war gar nicht so leicht, weil ich ja wusste, was los war. Ein Banküberfall! Die Beute hatten Felix und ich vergraben und alle suchten jetzt danach.

Die Polizisten standen rum und beobachteten die Straße. Sie sahen nicht so aus, als würden sie bald wieder abhauen.

Schöner Mist! Wenn überall Polizei war, würden die Kaninchen in der Hasenheide die Tasche eher wieder ausgraben als wir.

Ich atmete tief durch, überquerte die Straße und ging langsam an den Polizisten vorbei. Sie beachteten mich gar nicht.

Als ich die Wohnungstür aufschloss, hörte ich Stimmen. Mama hatte Laura und Leon schon vom Kinderladen abgeholt. Auch Kaminski war zu Hause, seine Dreckbotten standen im Flur rum.

Leon stürzte mir entgegen und zerrte an der Tüte in meiner Hand. Ich ließ sie los und er lief mit seiner Beute zu Laura ins Kinderzimmer.

Leise zog ich meine Schuhe aus. Ich hatte keinen Bock auf Mama oder Kaminski, weil die immer mit irgendwas

rumnerven. Schnell huschte ich in mein Zimmer, warf den Ranzen in die Ecke und schlich zum Fenster. Der riesige Polizist hatte sich an ein Verkehrsschild gelehnt und trank Fritz-Cola, den anderen Polizisten konnte ich nicht sehen.

Plötzlich wurden meine Beine weich.

Hinter dem Polizisten stand der Glatzenmann!

Er zündete sich eine Zigarette an, pustete den Rauch aus und schaute zu unserem Haus rüber.

Das muss ein echter Profi sein, dachte ich, der hat gar keine Angst. Jeder normale Mensch hätte sich doch in die Hosen gemacht – der Polizist stand direkt vor ihm!

Am liebsten hätte ich das Fenster aufgerissen und gebrüllt: »Da ist er!« Aber dann hätte jeder erfahren, dass ich auch in die Sache verwickelt war, und das ging natürlich nicht.

Der Glatzenmann trat die Zigarette aus, ging langsam Richtung Schillerpromenade und verschwand hinter einem Busch.

Es klingelte an der Tür, ich erschrak so doll, dass mein Herz einen richtigen Sprung machte.

Ich lief zur Wohnungstür. »Wer ist da?«

»Na ich!«

Puh, es war nur Felix. Ich öffnete die Tür, flink schlüpfte er rein.

»Die Polizei befragt die Anwohner«, sagte er aufgeregt. »Die haben rausgekriegt, dass das Geld bei uns in der Gegend gelandet ist.«

»Leise, meine Mutter ist da. Und die Zwillinge.«

Schweigend folgte Felix mir ins Zimmer, schloss die Tür hinter sich und legte sein Skateboard in die Ecke.

»Der Bankräuber von gestern Abend, also der mit der Glatze, war eben da und hat schon wieder mein Fenster angestarrt«, flüsterte ich.

»Die werden so schnell nicht lockerlassen.« Nachdenklich zog sich Felix seine rote Jacke aus. Ich half ihm, weil es mit dem Gips nicht leicht war.

»Wieso weiß die Polizei eigentlich, dass das Geld hier in der Nähe ist?«, fragte ich.

Felix ließ sich auf meinen Schreibtischstuhl fallen. »Vielleicht haben sie die Straße mit einem Satelliten überwacht und die Tasche aus dem Auto fliegen sehen.«

Ich runzelte die Stirn. »Das geht?« Ich setzte mich auf einen Hocker neben Felix.

»Es gibt inzwischen Satellitenüberwachung in Echtzeit«, sagte er. »Fahr mal den PC hoch.«

Ich verstand kein Wort. Was war Echtzeit? Und gab es unechte Zeit?

Felix zog die Tastatur zu sich ran und gab mit einem Finger das Passwort ein. Ballermann. Da bin ich mal mit Papa gewesen.

»Woher kennst du mein Passwort?«, fragte ich erstaunt. Ich hatte es ihm nie verraten.

Er zuckte mit den Schultern. »Kann doch jeder knacken. Immer noch Windows Vista«, seufzte er. »Echt schlimm.«

»Wir haben eben kein Geld für einen neuen Computer«, sagte ich. »Aber vielleicht ja bald.«

»Hm«, machte Felix und tippte auf der Tastatur rum.

Ich rückte noch dichter an ihn ran, um besser sehen zu können.

»Wenn die Polizei die Straße so gut überwacht hätte, hätte sie doch auch die Bankräuber erwischt«, sagte ich.

Felix nickte. »Stimmt. Außerdem ist diese Überwachung sehr teuer, ich kann mir nicht vorstellen, dass es hier so was gibt. Im Fernsehen haben sie neulich gesagt, dass Neukölln die schlimmste Gegend von ganz Deutschland ist, total runtergekommen.«

»Glaub ich nicht«, meinte ich.

Felix zog ein Tempo aus seiner Tasche und putzte sich die Nase. »Woher willst du das wissen? Du kennst doch nur Spandau und Mallorca«, nuschelte er.

Das stimmt. Na ja, fast. Ich kenne auch noch Waren an der Müritz. Mallorca ist aber auf jeden Fall schöner und viel wärmer.

»Wir müssen jetzt nachsehen, ob die Bankgeschichte von Oma Hartmann überhaupt stimmt«, sagte Felix. »Die erzählt nämlich auch viel Quatsch.«

Er tippte unter News »Banküberfall Berlin« ein. Auf dem Bildschirm erschienen mehrere Links und Fotos.

»Am Montag wurde die Bank am Hermannplatz überfallen«, las Felix vor. »Zwei maskierte Männer erbeuteten eine hohe Geldsumme und sind seitdem flüchtig. Sie entkamen in einem weißen Lieferwagen und wurden zuletzt in der Schillerpromenade am Herrfurthplatz gesehen. Angaben nimmt jede Polizeidienststelle entgegen.«

»Oh Mann, unser Herrfurthplatz«, stöhnte ich auf. »Wie krass! Deshalb hängen alle hier ab.«

Felix nickte nachdenklich. »Es gibt also Augenzeugen, die gesehen haben, wie der Lieferwagen durch unseren Kiez gerast ist. Hoffentlich hat dich niemand erkannt.«

»Aber dann wäre die Polizei doch schon längst bei mir gewesen.«

Genau in diesem Moment klingelte es an der Tür.

Ich sprang auf, kickte dabei aus Versehen den Hocker um und lief zum Fenster. Der dicke und der dünne Polizist standen direkt vor meiner Haustür.

»Mist«, rief ich. »Sie kommen! Zu uns!«

Felix wurde blass vor Schreck. Ich schlich zur Zimmertür und drückte vorsichtig die Klinke runter. Die Dielen knarrten unter meinen Füßen.

»Nee, Herr Wachtmeister, darüber wissen wir nichts«, sagte Kaminski gerade. »Unser Wohnzimmer zeigt zur anderen Seite. Wir kriegen nie was mit.«

Ich hörte ein Murmeln im Hausflur. Es roch nach Zigarettenrauch.

»Das ist das Zimmer von Niklas.« Wieder Murmeln, verstehen konnte ich nichts.

»Niklas! Herkommen«, bellte Kaminski.

Ich zuckte zusammen und schaute zu Felix, weil ich nicht wusste, was ich machen sollte. Felix schüttelte den Kopf. »Geh nicht.«

»Ich sehe doch, dass du an der Tür lauschst. Komm her, aber dalli!«

»Sag, dass du Hausaufgaben machst und keine Zeit hast«, flüsterte Felix.

»Niklas! Was ist los, hast du Tomaten auf den Ohren?«, brüllte Kaminski auf dem Flur. »Oder soll ich dir Beine machen?«

Felix raschelte hinter mir im Regal.

Ich hörte Leon im Kinderzimmer weinen. Er kann es nicht leiden, wenn Kaminski rumschreit. Wo war eigentlich Mama?

»Hier, setz die auf!« Felix stülpte mir meine Scream-Maske über.

»Was soll das denn?«, nuschelte ich in den Stoff, der nach Staub roch.

»Dann kann man dein Gesicht nicht sehen.«

Unter der Maske wurde mir sofort ziemlich heiß.

»Ich kann doch damit nicht rausgehen«, murmelte ich.

»Niklas! Der Bengel raubt mir den letzten Nerv. Niklas!«

Felix schob mich auf den Flur. »Los. Erzähl denen irgendwas. Du schaffst das!«

So eine blöde Situation! Aber da musste ich jetzt durch.

Ich drehte mich zu Kaminski.

»Hä?«, rief der. »Hast du einen Knall?«

Ich bewegte mich nicht. Durch den Stoff konnte ich fast nichts sehen, weil die Löcher für beide Augen verrutscht waren.

»Gleich setzt es was!«

»Immer mit der Ruhe«, sagte einer der Polizisten. »Komm mal her, Junge.«

Er hatte eine tiefe Stimme, vermutlich war es der dicke Riese.

Langsam ging ich den Flur runter, ich bekam kaum Luft. An der Wohnungstür blieb ich stehen. Durch den Augenschlitz sah ich die dunkelblauen Uniformen der Polizisten, die im Hausflur standen. Und die Gummiknüppel, die sie bei sich hatten.

»Feierst du Fasching?«, fragte der Riesenpolizist.

Ich nickte.

»Fasching, dass ich nicht lache«, murmelte Kaminski. »Im Mai!«

»Mein Sohn hat auch so ein Ding«, sagte der dünne Polizist mit der helleren Stimme. »Damit erschreckt er oft meine Frau, ist saukomisch.«

»Nimm doch bitte mal die Maske ab«, sagte der Riese.

»Nö«, murmelte ich.

»Jetzt reicht es, Herrgott!« Kaminski zerrte mir die Maske vom Kopf.

Nun konnten alle mein Gesicht sehen. Und ich das speckige Unterhemd von Kaminski.

»Knallrot biste«, meinte der Riese. »Wird ganz schön heiß unter dem Ding, was?«

Was für ein toller Trick! Felix war echt schlau. Die Polizisten hatten keine Ahnung, dass mein Gesicht eigentlich vor Angst glühte.

»Wir haben ein paar Fragen, danach kannste weiter Fasching feiern.«

»O. k.«, sagte ich.

»Ist dir gestern Abend etwas Ungewöhnliches aufgefallen?«

»Was denn?«

»Na ja, etwas, was dir noch nie aufgefallen ist. Etwas Besonderes.«

»Aber was denn?«

Kaminski schnaubte. »Oh Mann, wie das Wort schon sagt: Un-ge-wöhn-lich. Außer der Reihe, nicht normal!«

Du bist nicht normal, dachte ich, sagte es aber nicht laut.

»Nun lassen Sie den Jungen mal in Ruhe nachdenken.«

Ich zog die Stirn kraus, wie in der Schule, wenn mir ein Lehrer eine Frage stellt. Einige Sekunden lang schwiegen alle.

»Ist dir vielleicht ein Auto aufgefallen, das du nicht kennst?«

Ich schüttelte den Kopf.

»Oder Leute, die sich seltsam verhalten haben?«

Alle warteten darauf, dass ich was sagte. Da hatte ich eine Idee. »Als ich auf dem Klo war, habe ich lauten Motorenlärm gehört, aber das ist nichts Besonderes. Den hört man hier dauernd.«

Der Dünne nickte. »Weißt du noch, wann das ungefähr war?«

Ich schaute auf die Dielen und stellte mir vor, was die Leute im Tatort sagen würden, wenn sie sich ein Alibi ausdachten.

»So gegen acht. Ich hatte gerade Hausaufgaben gemacht. Allein.«

»Haha, Hausaufgaben«, rief Kaminski höhnisch.

Der Riese schaute ihn vorwurfsvoll an. »Sie sind sein Vater?«

»Nee, das wäre ja noch schöner. Sein Vater hat die Mücke gemacht.«

»Und wer sind Sie?«

»Der sogenannte Lebensgefährte seiner Mutter. Spielt das eine Rolle?«

»Kann ich in mein Zimmer zurück?«, fragte ich.

Der Riese lächelte. »Klar, geh nur. Wir werden möglicherweise später noch mal vorbeikommen, wenn es weitere Fragen geben sollte.«

Flugs lief ich den Flur runter und öffnete die Zimmertür. Felix sprang mir entgegen. »Und? Haben sie was gemerkt? Hast du dich verraten?«

»Nee, ich bin doch nicht blöd. Die Polizei befragt jetzt alle im Haus, das kann dauern. Im Vorderhaus, Hinterhaus und Seitenflügel gibt es insgesamt fünfundzwanzig Wohnungen.«

Felix' Handy brummte. »Eine Nachricht von meiner Mutter. Ich muss dringend nach Hause. Ich hatte voll den Stress mit ihr, weil ich gestern noch so spät unterwegs gewesen bin.«

Er nahm sein Skateboard und seine Jacke und lief aus der Wohnung. Ich setzte mich an den Schreibtisch und starrte auf den Monitor.

Was sollten wir machen? Für die Polizei waren wir Diebe. Und ich sowieso, weil ich von dem Geld schon was ausgegeben hatte, zehn Euro und fünfundneunzig Cent, für das Puzzle.

Die Tür flog auf, erschrocken fuhr ich rum. Mama stand in der Tür und sah total verpennt aus. »Abendbrot ist fertig.«

»Warst du die ganze Zeit hier?«, fragte ich.

»Ja, wieso? Ist was passiert?«

»Nö.«

Ich folgte ihr in die Küche. Kaminski und die Zwillinge saßen schon am Tisch und hatten Teller mit Käse und Brot vor der Nase.

»Da ist ja der Held«, rief Kaminski.

»Hör auf«, sagte Mama.

»Wieso?« Er breitete die Arme aus. »Das meine ich ernst. Wie er sich heute der Polizei gegenüber benommen hat, das war erste Sahne!«

Laura und Leon sahen mich mit großen Augen an, während sie an ihrem Brot knabberten.

»Polizei?«, fragte Mama überrascht. »Was war denn los?«

Kaminski biss in eine Gewürzgurke, der Saft spritzte mir ins Gesicht. Ekelhaft!

»Ein Wachtmeister Klose war hier«, sagte er mit vollem Mund. »Du hast mal wieder gepennt und nichts mitgekriegt.«

»Das musst du gerade sagen«, rief ich.

Kaminski haute die Faust auf den Tisch, die Zwillinge duckten sich. Leons Stirn kräuselte sich, gleich würde er losheulen.

Mama schaute mich an. »Was war los, Niklas?«

»Der Wachtmeister wollte wissen, ob ich gestern was gesehen habe und so.«

»Was denn?«, fragte Mama.

»Was Ungewöhnliches.«

»Aber was denn?«

»Du stellst genauso dumme Fragen wie der Bengel vorhin«, rief Kaminski.

Verwirrt nahm Mama sich eine Stulle und schmierte Butter drauf. Sie sah mich vorwurfsvoll an. »Was ist denn gestern passiert?«

»Ein Banküberfall am Hermannplatz«, sagte ich trotzig.

»Was hast du damit zu tun?«, fragte Mama erschrocken.

»Gar nichts!«

»Und wieso fragen die ausgerechnet dich?«

War ja klar. Sie dachte, dass ich schuld bin, so wie immer. Und jetzt traute sie mir sogar zu, eine Bank auszurauben.

»Die fragen jeden im Haus, da muss man sich nichts drauf einbilden«, brummte Kaminski. »Irgendwas ist am Herrfurthplatz passiert, das im Zusammenhang mit dem Banküberfall steht, deshalb sind die hier von Tür zu Tür gerannt. Gibt es eigentlich noch Gewürzgurken?«

»Nein«, murmelte Mama.

»Wenn man so viel Geld klaut, geht man Jahre in den Knast, mein lieber Scholli!«

»So lange?«, fragte ich erschrocken.

»Ja, was denkst du denn?«, rief Kaminski. »Das ist ein richtiges Verbrechen.«

Mama sah ihn sauer an. »Du weißt ja, wovon du sprichst, nicht wahr?«

Er nickte und grinste blöde.

Mama drehte sich zu mir.

»Polizei können wir beim besten Willen nicht gebrauchen, Niklas. Das weißt du doch! Das Jugendamt hat uns schon auf dem Kerbholz.«

»Kieker«, sagte Kaminski.

»Bitte?« Mama starrte ihn wütend an.

»Das heißt auf dem Kieker haben, nicht auf dem Kerbholz.«

»Ist doch total egal!«

Jetzt fingen sie schon wieder an zu streiten. Ich biss in die Stulle, obwohl ich gar keinen Hunger mehr hatte.

Mama drehte sich zu mir. »Du weißt doch, wie wichtig es ist, dass du dich nicht danebenbenimmst, oder?«

»Hm.« Das Brot verklemmte sich in meinem Hals und wollte einfach nicht runterrutschen.

»Rafft der nicht.« Kaminski hob eine Salamischeibe in die Luft und stopfte sie sich schmatzend in den Mund.

»Polizei«, rief Laura und kicherte.

»Das ist nicht lustig«, sagte Mama streng. »Seid ihr fertig?«

Laura und Leon nickten. Brav wie immer hatten sie ihre Teller leer gegessen.

»Dann könnt ihr in euer Zimmer gehen.«

Sie schoben sich von ihren Stühlen und hüpften davon.

Im Innenhof rumpelte es, jemand schmiss was in die

Mülltonnen. Die stehen direkt unter unserem Küchenfenster.

Kaminski drückte sich ächzend am Tisch hoch, öffnete den Kühlschrank und holte ein Bier raus. »Ich geh ins Wohnzimmer.«

Bevor er verschwand, drehte er sich noch mal um. »Frag ihn doch mal, was er für komische Typen kennt. Ich hab ihn heute auf der Straße rausgehauen.«

Mama schaute ihn erstaunt an. »Wie, rausgehauen? Was meinst du?«

Kaminski zeigte mit dem Finger auf mich. »Er wurde fast vermöbelt. Frag ihn doch selbst!«

Schnell biss ich in meine Käsestulle, um Zeit zu gewinnen. Ich musste mir unbedingt was ausdenken, damit Mama sich nicht aufregte.

»Niklas?«

»Die haben mich nach dem Weg gefragt«, murmelte ich.

»Und dann wollten sie dich vermöbeln?«

Ich nickte.

»Und warum?«

»Weil ich den Weg nicht wusste.«

»Nun hör aber auf, deswegen wird man doch nicht verprügelt.«

Es klang total unlogisch, aber jetzt musste ich dabei bleiben. »Da kann ich doch nichts für!«

Mama wackelte aufgeregt mit dem Kopf. »Und was haben sie gemacht?«

»Mich geschubst und so.«

»Wie viele waren es?«

Oh Mann, dachte ich. Mama fragt echt immer viel zu viel.

»Zwei.«

»Waren die aus deiner Klasse?«

Ich musste lachen. Der Cowboy würde im Unterricht doch total blöd aussehen. Mit dem Hut und den Stiefeln und so.

Mamas Augen funkelten böse. »Was ist daran so komisch?«

»Nichts. Und die waren auch nicht aus meiner Klasse.«

»Aber von deiner Schule?«

»Nein. Die waren schon älter.«

»Und wie alt? Herrgott, muss man dir denn alles aus der Nase ziehen!«

»Weiß ich doch nicht. Ich kenne sie nicht.«

»So ungefähr!«

Sie ließ echt nicht locker. Und ich wusste schon, dass sie gleich ausrasten würde. »Ungefähr dreißig«, sagte ich leise.

Mama saß mit einem Ruck aufrecht. »Was? Die waren erwachsen?«

Ich nickte und legte meine angebissene Stulle hin.

Mama hörte auf zu atmen und starrte mich an. Dann platzte sie: »Du sagst mir jetzt sofort, was los ist. Was hast du ausgefressen?«

»Überhaupt gar nichts«, rief ich und schob den Teller von mir weg. So war das immer. Sogar wenn ich verprügelt wurde, war ich daran schuld!

Klar, es ist nicht o. k., Mama anzulügen. Ich finde das auch voll blöd. Aber ich konnte ihr doch nichts von den Gangstern erzählen, ich durfte nichts verraten. Sie schaute mich mit ihrem komischen Blick an, den ich echt nicht ausstehen kann. So als würde sie durch mich hindurchsehen und alle meine Gedanken lesen.

»Ein letztes Mal. Was ist heute auf dem Schulweg passiert?«

»Nichts«, sagte ich trotzig und verschränkte die Arme vor der Brust. »Kann ich jetzt vielleicht gehen?«

Sie reagierte nicht. Ich wartete ein paar Sekunden, stand auf und lief rüber in mein Zimmer.

Als ich später vom Klo kam, hörte ich, wie Mama im Wohnzimmer mit Susanne telefonierte, ihrer besten Freundin. Ich verstand nicht viel, nur den Satz »Der Junge entgleitet mir, ich muss etwas unternehmen!«.

Was meinte sie denn damit?

Im Zimmer warf ich mich aufs Bett und starrte an die Decke. So einen ähnlichen Satz hatte ich schon mal gehört, nach der Aktion mit den Mülltonnen, und zwar vom Nachbarn Kunze. »Sie müssen was unternehmen, der Junge hat Probleme!«

Ein paar Tage später stand dann das Jugendamt auf der Matte. Seitdem kontrollierten die uns. Und es würde schlimmer werden, wenn die mitkriegten, dass ich was mit dem Banküberfall zu tun hatte. Die glauben nämlich, dass ich einen schlechten Einfluss auf Laura und Leon habe, was total gemein ist, weil ich mich echt viel um die Zwilllinge kümmere und ihnen oft beim Schnürsenkelzubinden und so helfe. Aber das kriegt hier niemand mit. Mama und Kaminski sind immer nur froh, wenn ich in meinem Zimmer verschwinde und sie in Ruhe lasse. Die wären bestimmt nicht traurig, wenn ich weg wäre, die würden das wahrscheinlich nicht mal merken.

Ich musste fast heulen, konnte es mir aber gerade noch so verkneifen. Eins war klar. Ich wollte auf gar keinen Fall ins Heim. Und deswegen musste ich allein klarkommen, zusammen mit Felix! Und das viele Geld konnte uns dabei helfen. Wenn uns alle nur noch fertigmachten, würden wir einfach damit abhauen.

# TAG 3

Am nächsten Tag waren wieder Polizisten auf der Straße unterwegs, schon am frühen Morgen hatten sie vor der Kirche gestanden. Auch Wachtmeister Klose hing da rum. Als ich mich auf dem Weg zur Schule noch mal umdrehte, sah ich den dicken Gangster. Er fuhr auf einem Fahrrad hinter mir her. Mir war gleich klar, dass er mich verfolgte. Der dachte wohl, dass die Aktion mit dem Rad unauffälliger als mit dem Lieferwagen ist, ganz schön blöd.

Auch mittags nach der Schule fuhren Polizeiautos an mir vorbei. Ich wollte so schnell wie möglich nach Hause, aber ich kam nur bis zur Kneipe am Columbiadamm.

»Ey!«

Ich drehte mich um. Murat! Und neben ihm Justin, Tarkan und Mehmed.

Sie kamen breitbeinig auf mich zu.

Mist, dachte ich. Die haben mir gerade noch gefehlt. Die sind alle älter und gehen auf die Rütli-Schule.

Sie drängelten sich um mich rum und starrten mich verächtlich an. Tarkan schob sein hellblaues Basecap schief. »Hab Frage für dich!«

»Was ist denn los?« Ich versuchte cool zu bleiben.

»Hab dich Karstadt gesehen. Gestern. Was hast du gekauft?«

»Nichts«, sagte ich hastig.

»Lüge!« Tarkan legte seine schwere Hand auf meine Schulter. »Hab Tüte gesehen. Mit was drin.«

Tarkan hat eine Narbe auf der Stirn und erzählt immer, die sei in einem lebensgefährlichen Kampf mit der Polizei entstanden. Ich glaube, er ist einfach nur beim Skaten hingekracht.

Trotzdem habe ich Angst vor ihm.

Murat war jetzt ganz dicht vor meinem Gesicht und starrte mir direkt in die Augen. Ich durfte auf keinen Fall wegschauen. Ich schaffte es aber nicht, den Blick zu halten, und schaute auf Murats Halskette, die bestimmt teuer gewesen war. Ein silberner Halbmond baumelte daran.

»Was war in Tüte?«, fragte er.

Ich schluckte. »Ein Puzzle für die Zwillinge.«

»Puzzle? Ist Geburtstag?«

Ich schüttelte den Kopf. »Nein. Einfach so.«

»Woher hast du Geld?«, knurrte Murat.

»Ich hatte Taschengeld übrig.«

Tarkan quetschte meine Schulter, es tat richtig weh.

»Und ich hab dich gesehen gestern, vorm Kinderladen«, rief Mehmed. »Hast dich voll übertrieben verhalten.«

Mist, dachte ich. Wieso waren die immer überall?

»Bist voll krass gerannt. Wegen Lieferwagen!«

»Was denn für ein Lieferwagen? Ich war einfach spät dran und musste zur Schule.«

Murat drückte seine Stirn an meine und fauchte. »Was weißt du vom Banküberfall?«

Ich ging ein Stück zurück. »Gar nichts!«

»Jeder weiß was vom Banküberfall«, rief Mehmed.

»Na ja«, stotterte ich und schaute in die Runde. »Ich weiß, was in der Zeitung stand. Die Bank am Hermannplatz wurde überfallen.«

»Und weiter?«

»Na, nichts!«

Tarkan hatte noch immer seine Hand auf meiner Schulter. »Überall ist Polizei! Sie sucht Geld, es muss hier irgendwo sein.«

»Ist doch nicht mein Problem!«

Justin kam auch näher, ich wollte noch einen Schritt zurück machen, aber hinter mir stand Mehmed.

»Und vorgestern Abend«, sagte Justin mit seiner total tiefen Stimme, »also am Tag vom Banküberfall, hab ich dich und das Opfer mit 'ner Tasche gesehen.«

Ich versuchte, nicht mit der Wimper zu zucken, obwohl mein Herz raste. »Das hab ich dir doch neulich schon gesagt. Da waren Klamotten für die Kleidertonne drin.«

Eine Frau und ein Mann gingen an uns vorbei und sahen mich mitleidig an, halfen mir aber nicht. Die hatten keinen Bock auf Stress mit der Gang. Meine Knie waren weich. In Filmen waren die Leute immer so cool. Was würde so ein Cooler jetzt sagen?

Mir musste schnell was einfallen. Ich musste sie austricksen.

»Überlegt doch mal!«

Ich atmete laut aus, als wäre ich total genervt, schaute hoch in den Himmel und schüttelte den Kopf. »Glaubt ihr echt, dass ich noch hier wäre, wenn ich das Geld von einem Bankraub hätte?«

Alle schauten mich erstaunt an.

»Ich wär doch schon längst auf dem Weg nach Mallorca zu meinem Vater. Oder würdet ihr dann weiter brav zur Schule gehen und euch von den Lehrern fertigmachen lassen?«

»Nee, echt nicht«, murmelte Mehmed hinter mir. »Krass gutes Argument.«

Murat runzelte die Stirn und dachte ein paar Sekunden lang nach. »Lass ihn los«, sagte er dann zu Tarkan, der endlich seine Pranke von meiner Schulter nahm.

Ich verschränkte meine Arme vor der Brust. »Aber wenn ich irgendwas mitkriege, dann sage ich euch Bescheid. Wir könnten zusammenarbeiten.«

»Pff«, machte Murat abfällig. »Du bist zu klein. Und überhaupt, was denkst du? Du bist total uncool!«

Er winkte seiner Gang. »Los. Wir gehen Hasenheide.«

Zuerst drehte er sich weg, kam dann aber noch mal auf mich zu. »Wir beobachten dich! Und das Opfer. Wenn irgendwas verdächtig ist, machen wir dich alle! Morgen nach der Schule warten wir hier auf dich. Du bist da, klar, Mann?«

Endlich zogen sie ab. Mein Herz klopfte wie wild.

Jetzt hatte ich auch noch Murat am Hals. Eigentlich

reichten schon die Bankräuber und die Polizei. Alle guten Dinge sind drei, sagt Oma Monika immer. Der Spruch half mir aber auch nicht weiter. Ich musste aufs Klo und rannte über den Columbiadamm nach Hause.

Auf dem Küchentisch lagen ein Zehneuroschein und ein Zettel von Kaminski. Der war mal wieder voller Rechtschreibfehler. Ich bin auch nicht so gut im Rechtschreiben, aber solche Fehler mache ich nicht:

»Milsch, Ertnüse, zwei Nussschokkolade, sechs Bier.«

Nur Bier kann er richtig schreiben. Der Loser!

Ich warf den Ranzen in die Ecke und rannte aufs Klo. Dann nahm ich die alte Einkaufstüte und lief rüber in den Supermarkt. Viele Leute, die dort einkaufen, sind entweder betrunken oder verrückt. Einmal ist ein Mann ins Weinregal gekracht und in den Scherben liegen geblieben. Er ist nicht mehr aufgestanden und wir mussten alle über ihn rübersteigen. Der ganze Laden stank nach Alkohol und die Verkäuferin war total sauer und schrie rum.

Ich nahm mir einen Einkaufswagen und suchte die Sachen zusammen, die Kaminski haben wollte. Milch, Erdnüsse, Nussschokolade, Bier.

Auch Oma Hartmann war da und schob ihren Rollator durch den Supermarkt. Sie schaute mich streng an, als sie die Bierflaschen in meinem Wagen sah. Ich ging schnell an ihr vorbei, bevor sie was sagen konnte. Ich hatte ein schlechtes Gewissen wegen der Katzen und außerdem keine Lust zu erklären, dass das Bier für Kaminski war und nicht für mich. Die Erwachsenen glauben das nie und nerven rum, dann fange ich an zu stottern und benehme mich nicht mehr normal. Wenn mehrere Kunden gemeinsam meckern, weil ich Bier einkaufen will, bekomme ich es nicht, weil die Kassiererin keinen Bock darauf hat, sich mit denen oder der Polizei anzulegen. Aber an dem Tag war ich zum Glück der Einzige in der Schlange. Oma Hartmann stand noch beim Brot und hielt eine Packung ins Licht, um besser lesen zu können, was draufstand.

Die Kassiererin zog Milch, Erdnüsse und Nussschokolade über das Fließband und tippte alles ein, ohne was zu sagen. Ihr rechtes Brillenglas war gesprungen, als hätte ihr jemand draufgehauen.

Plötzlich stoppte sie das Fließband, die Bierflaschen schlugen leicht gegeneinander und klimperten.

»Du bist nicht alt genug«, sagte sie.

Ich zuckte mit der Schulter. »Ist nicht für mich.«

»Du weißt, dass ich dir das nicht verkaufen darf, egal für wen es ist.«

»Es ist für meinen Stiefvater. Der hasst mich. Wenn ich ohne Bier nach Hause komme, flippt er aus und knallt mir eine. Der ist brutal. Bitte, machen Sie eine Ausnahme.«

Sie atmete ein und schaute an mir vorbei. Dann nickte sie betrübt. »Na gut.«

Das Band lief weiter, die Kassiererin tippte und ich legte alle Sachen zurück in meinen Wagen.

»Neun Euro und fünfundzwanzig Cent. Und sag deinem Vater, dass er sich sein Bier das nächste Mal selber kaufen soll.«

»Er ist nicht mein Vater.«

Ich gab ihr den Zehneuroschein.

Sie schaute mich böse an, so, als ob ich was dafür konnte, dass sich Kaminski bei uns eingenistet hatte. Ich stopfte das Wechselgeld in meine Jeans und schob den Wagen zur Seite.

Inzwischen hatte auch Oma Hartmann alles gefunden und stand an der Kasse. Aus ihrem Rollatornetz holte sie ganz langsam eine Dosensuppe, zwei Äpfel und eine Packung geschnittenes Brot raus. Sie legte alles aufs Fließband.

Katzenfutter war nicht dabei, Felix hatte recht gehabt!

»Einhundertdreiundachtzig Euro und fünf Cent, bitte.«

»Was?« Oma Hartmann schaute die Kassiererin erstaunt an.

Das konnte doch nicht wahr sein. So viel Geld! Ein bisschen Mathe kann ich schließlich auch.

Die Kassiererin starrte auf ihre Kasse. »Komisch.«

»Hören Sie, Frau Katrin, ich hab doch wirklich nicht viel gekauft!« Oma Hartmann rüttelte aufgeregt an ihrem Rollator.

»Seh ich selber, Frau Hartmann, irgendwas stimmt da nicht.«

»Zwei Äpfel, eine Suppe und Brot.«

»Nur die Ruhe, bitte.«

Ein Mann, der hinter Oma Hartmann stand, rief laut: »Allet wird teurer, wa?«

»So teuer auch wieder nicht«, murmelte die Kassiererin.

»Vielleicht liegt das an Ihrer Brille, Frau Katrin. Die sollten Sie mal reparieren lassen. Sind Sie hingefallen?«

»Frau Hartmann, es liegt nicht an der Brille.«

Die Kassiererin guckte sich den Bon an.

»Sie müssen aber trotzdem zum Optiker.«

Ich hatte schon alles eingepackt, blieb aber stehen, weil ich unbedingt wissen wollte, wie es weiterging.

»So, so. Aha! Das sind Äpfel«, sagte die Kassiererin.

»Ja«, rief Oma Hartmann. »Und Suppe. Und Brot. Mehr nicht!«

Der Mann schrie: »Und ick hab hier acht Pilsator für fünftausend Euro, hahaha!«

Ich prustete los und presste mir dann schnell die Hand auf den Mund. Mama sagt nämlich immer, dass man nicht über Erwachsene lachen darf.

»Ich habe statt Äpfel aus Versehen schwarze Trüffel eingegeben, Entschuldigung.«

»Na, kein Wunder«, sagte Oma Hartmann erleichtert. »Das erklärt doch alles! Trüffel kann ich mir nicht leisten, ich bin seit ein paar Tagen eine arme Frau.«

»Hm«, machte die Kassiererin. »Einen Euro und dreiundneunzig Cent, bitte.«

»Es lag also doch an der Brille, da hatte ich recht!«

Oma Hartmann kramte in ihrer Geldbörse und bezahlte. Sie legte die Sachen in ihr Netz und rollte auf mich zu.

»Was starrst du mich so an, Jung?«

»Was sind denn schwarze Trüffel?«

Sie kicherte, ihr Gebiss klapperte dabei ganz komisch.

»Das ist nichts für dich, Jung! So was essen nur die Reichen.«

»Gibt es hier denn Reiche?«

Oma Hartmann nickte. Ich nahm meine Einkaufstüte und lief neben ihr nach draußen. Die Bierflaschen waren ganz schön schwer.

Sie zeigte auf die Altbauten in der Schillerpromenade. »Oben in den Dachgeschossen wohnen ein paar Reiche. Zumindest sind das Leute, die Arbeit haben. Eine Frau hat sogar ein berühmtes Restaurant in Kreuzberg, in der Oranienstraße.« Schon wieder klackte ihr Gebiss. »Die heißt Anna Weda und kocht auf eine ganz gesunde Art, aber manchmal gibt es auch Senfeier.«

»Krass«, sagte ich und schaute hoch zu den Wohnungen. Ein Typ im Unterhemd goss Blumen mit einer grünen Gießkanne und sah nicht gerade reich aus.

Vor dem Supermarkt stand George und redete laut irgendwelches Zeug. Er hatte eine uralte Jeans und ein Shirt mit Löchern an. Seine langen Haare wehten im Wind. Eine Omi schaute von einem Balkon runter und hörte zu, neben ihr saß eine fette weiße Katze. Plötzlich hörte ich ein bekanntes Geräusch.

Der Motorroller!

Schnell versteckte ich mich hinter Oma Hartmann, was nicht leicht war, weil sie schon ziemlich verhutzelt ist.

Der Cowboy fuhr direkt an uns vorbei, sah mich zum Glück aber nicht. Oma Hartmann schob den Rollator weiter in Georges Richtung.

»Er kommt aus Newcastle«, sagte sie zu mir. Überrascht schaute ich sie an. »Sie verstehen Englisch?«

»Ja, natürlich. Ich habe als Übersetzerin gearbeitet. Newcastle ist eine Stadt in Nordengland.«

»Emma Watson«, rief George und grinste mich an.

»Was?«, fragte ich.

Oma Hartmann übersetzte für mich. »Er hat gesagt, dass er der Bruder von Emma Watson ist. Wer immer das sein mag.«

»Na, Hermine! Von Harry Potter!«, rief ich.

»Kenn ich nicht«, meinte sie nur.

Und ich dachte, die ganze Welt würde Harry Potter kennen.

Oma Hartmann hob ihren Rollator über einen Hundehaufen. »Dann lauf mal hurtig nach Hause und liefer das Bier ab, nicht wahr?«

Ich schaute aufs Pflaster und nickte. »Hm.«

»Eigentlich darf Frau Katrin dir das gar nicht verkaufen.« Sie hielt sich mit zittriger Hand am Rollator fest. »Aber solange du es nicht selber trinkst, ist es nicht so schlimm.«

Ich trug die Tüte in die Wohnung und räumte alles in die Küche. In meinem Zimmer machte ich den Computer an und surfte ein bisschen im Internet.

Es klingelte an der Tür und ich sprang auf, um Felix reinzulassen. Er stolperte aufgeregt in die Wohnung.

»Kommst du mit aufs Flugfeld? Wir könnten kiten, der Wind ist krass. Ich muss nur noch kurz bei mir vorbeigehen und meine Jacke holen.«

»Erst muss ich dir was erzählen.«

Felix schlurfte mit in mein Zimmer und setzte sich aufs Bett. »Was ist denn los?«

Ich berichtete ihm von Murat und der Gang. Er wurde blass. »Woher wissen die das alles?«

»Keine Ahnung.«

Nachdenklich schaute er mich an. »Ob Justin uns etwa dabei beobachtet hat, als wir die Tasche vergraben haben?«

Ich schüttelte den Kopf. »Dann hätte er sie doch schon längst ausgegraben.«

»Ich weiß nicht«, murmelte Felix. »Es gibt nur eine Möglichkeit, das herauszufinden.«

»Und wie?«

»Wir schauen nach.«

Ich stöhnte auf. »Nee, auf keinen Fall!«

»Doch, Mann! Dann wissen wir wenigstens, woran wir sind.«

»Aber das ist viel zu auffällig! Murats Gang hat uns schon auf dem Kieker und wartet nur auf so eine Aktion. Und die Gangster beobachten uns auch. Heute Morgen ist mir ein dicker Mann auf dem Rad gefolgt. Er ist einer von den Bankräubern!«

»So eine Scheiße«, murmelte Felix leise.

»Deshalb ist es besser, erst mal nichts zu machen und abzuwarten, bis sich alle beruhigt haben.«

Ich holte Knie- und Ellenbogenschützer aus dem Schrank, band sie mir um und setzte meinen Helm auf.

»Irgendwann werden sie sich alle auf jemand anderen

konzentrieren. Bis dahin müssen wir uns einfach unauffällig verhalten.«

Felix schüttelte den Kopf. »Das klappt bestimmt nicht ewig so.«

Mir war es in dem Moment total egal, was er dachte. Ich hatte einfach keinen Plan, was echt ein blödes Gefühl war. Ich dachte an Oma Monika. Die sagt immer, dass man am besten gar nichts macht, wenn man nicht weiß, was man machen soll. Aber das hilft einem auch nicht, wenn man in Gefahr ist. Schnell nahm ich Papas Messer aus dem Schrank und steckte es in meine Hosentasche, warf mir den Rucksack mit dem Drachen auf den Rücken und packte mein Mountainboard. »Wir gehen jetzt aufs Flugfeld und denken noch mal nach.«

Felix schob seinen Hintern vom Bett und folgte mir.

Vor der Galerie stand ein weißer Lieferwagen. Es waren aber nicht die Bankräuber, sondern nur zwei Künstler, die Bilder aus dem Wagen in die Galerie trugen. Bestimmt wollten sie die ausstellen und für viel Geld verkaufen.

Wir rollten an der Mietschuldnerberatung vorbei und bogen am Frauencafé ab. Felix' Haustür kann man nicht verfehlen, weil dort ein großes Schild hängt: »Spree-Hebammen«.

Wir drängelten uns an zwei schwangeren Frauen vorbei, die sich im Hausflur über Schlafstörungen unterhielten. Ich wartete unten vor Oma Hartmanns Tür. Dort standen keine Katzenfutterdosen so wie sonst.

Felix kam mit seiner Jacke wieder runter und wir liefen

zum Flughafen-Eingang in der Oderstraße. Der Wind war krass und der Himmel ganz bunt, überall waren Drachen.

Normalerweise kiten die Leute auf dem Wasser mit einem Surfbrett, aber an Land geht es auch.

Ich packte den Drachen aus, entfaltete ihn auf dem Rasen und ordnete die Schnüre. Das dauert immer eine Weile. Ich setzte den Rucksack wieder auf, hob die Schnüre an und ging ein Stück zurück. Als sie sich spannten, zog ich kräftig und der Drachen füllte sich mit Luft.

»Es geht gleich ordentlich ab«, brüllte ich in den Wind.

Felix wartete schon auf der Rollbahn mit den Boards. Der Drachen stieg hoch in die Luft. Als ich ihn einigermaßen stabil hatte, lief ich zu Felix, wobei ich den Drachen weiter unter Kontrolle halten musste. Jetzt kam der schwierigste Moment: auf das Mountainboard springen, ohne den Drachen loszulassen. Felix stand auf seinem Board schon bereit und wartete auf mich.

Mein Brett wackelte ziemlich doll, aber ich verlor nicht das Gleichgewicht. Der Drachen zog stark an und ich rollte vorwärts. Felix griff mit der gesunden Hand meine Jacke und hielt sich daran fest. Er brauste mit mir über das Flugfeld. Auf diese Art funktioniert es nur, wenn es richtig windig ist, so wie an diesem Tag.

Wir rasten über die Rollbahn und an mehreren kleinen Kindern mit Fahrrädern vorbei. Lange hielt Felix diese Aktion nie durch, jede Windböe konnte uns aus der Bahn werfen. An dem Tag trieb mich der Wind auf den Rasen, und Felix musste mich loslassen, weil er mit seinem Skateboard nur über Asphalt fahren kann. Mein Mountainboard hat dicke Reifen, die für Rasen besser sind.

Ich kam an dem kleinen Wald vorbei, der mitten auf dem Flugfeld wächst. Dahinter geht es einen Hügel rauf, wo ein altes Flugzeug steht. Mit dem Drachen konnte ich dort aber nicht hin, der hätte sich in den Bäumen verfangen.

Das Fahren war total anstrengend und kostete echt viel Kraft. Als meine Beine anfingen zu zittern, drehte ich um. Felix' rote Jacke leuchtete auf der Rollbahn.

Schwarze Wolken am Himmel, es sah nach Gewitter aus. Für einen Moment wurde der Wind stärker und hob mich ein bisschen in die Luft. Es kribbelte in meinem Bauch. Dieses Kribbeln war das Beste überhaupt. Ich vergaß dann immer alle doofen Sachen, wie Hausaufgaben oder Kaminski. Und ich fühlte mich richtig stark, weil ich in der Luft irgendwie größer wurde.

Und dann sah ich ihn wieder: den dicken Gangster auf dem Rad. Das war kein Zufall, er beschattete uns.

Ich holte Felix ein.

»Ich muss jetzt nach Hause«, brüllte er.

Und versuchte, nach meiner Jacke zu greifen, war aber nicht schnell genug. Ich flitzte an ihm vorbei.

Sonnenstrahlen kamen durch die dunklen Wolken, der Himmel dahinter war lila. Ich überholte zwei Frauen in grünen Sportjacken, ein kleines Mädchen mit Inlineskates und zwei Jungs, die auf ihren Skateboards um die Wette fuhren. Alle wollten nach Hause. Wenn man bei Regen mitten auf dem Feld ist, wird man patschnass.

Am Ausgang packte ich meinen Drachen zusammen und wartete auf Felix, der für die weite Strecke eine Weile brauchte.

Mit den Augen suchte ich das Rollfeld ab. Der dicke Gangster war viel zu langsam und kam nicht hinterher.

Als Felix endlich bei mir war, wurde der Wind so stark, dass der Dicke mit dem Rad fast umgeworfen wurde.

Schnell fuhren wir in die Selchower Straße.

»Bis morgen!«

Felix verschwand im Haus und ich rollte weiter zu mir.

Im Flur prallte ich gegen Kaminski. Er hatte seinen Rucksack auf dem Rücken und wollte einkaufen gehen, obwohl ich an dem Tag schon Bier für ihn gekauft hatte.

Plötzlich fiel mir ein cooler Trick ein. »Ich komme mit«, rief ich.

»Nanu«, wunderte sich Kaminski.

Normalerweise gehe ich mit ihm nicht so gern irgendwohin, aber das war eine Ausnahme. Kaminski konnte mir nämlich helfen!

Als wir aus dem Supermarkt kamen, saß der dicke Gangster auf einer Bank vor der Kirche. Ich hatte das gewusst! Schließlich musste er an uns dranbleiben.

»Siehst du den Fetten da?«, fragte ich Kaminski, der beim Laufen schnaufte.

»Klar. Was ist mit ihm?«

»Der hat neulich Laura und Leon geärgert und ihnen die Luftballons weggenommen.«

»Was?« Kaminski marschierte quer über die Straße und

ging auf den Dicken los. Der schaute ihn ängstlich an, sprang dann auf und packte sein Rad.

»Lass gefälligst meine Kinder in Ruhe«, brüllte Kaminski.

Der Dicke hüpfte auf das Rad, verfehlte die Pedale und fiel fast um. Aber er fing sich wieder und raste davon, ohne sich umzuschauen.

Kaminskis Gesicht war rot vor Wut. »Na, die Fresse merk ich mir! Wenn ich den noch mal sehe, gibt es Hackfleisch!«

# TAG 4

In der Nacht konnte ich ewig nicht schlafen und hörte dem Regen zu, der an meine Fensterscheibe prasselte. Irgendwann schlief ich ein, und als ich aufwachte, raste mein Herz wie wild.

Ich lag im Bett und starrte an die Decke.

Die Bankräuber fielen mir ein. Und Murats Gang! Nach der Schule wollten sie auf mich warten und mich fertigmachen.

»Niklas«, schrie Kaminski im Flur.

Wieso war der denn schon wach?

Mama hämmerte an meine Tür. »Du musst zur Schule! Wir bringen jetzt Laura und Leon weg und sind dann auf dem Amt.«

Alles klar, dachte ich. Das Amt ist der einzige Grund, weshalb Mama und Kaminski früh aufstehen. Bestimmt wollten sie was beantragen, mehr Geld für Klamotten oder so. Kaminski kannte sich super aus, der wusste immer, wie er Kohle lockermachen konnte.

Es knallten ein paar Türen, dann war es still. Sekunden später hörte ich Laura und Leon auf der Straße lachen. Ich war allein.

Fast allein, eine fette Spinne war auch noch da. Sie lief über die Decke, blieb kurz stehen und rannte dann in die entgegengesetzte Richtung weiter. Die wusste auch nicht genau, was sie machen sollte, so wie ich.

Auf der Straße konnte es für mich echt gefährlich werden. So viele Leute wollten was von mir. Murats Gang, die Gangster und die Polizei.

Felix meinte gestern auf dem Nachhauseweg, dass ich mich blöd stellen und allen einfach sagen soll, dass ich nichts weiß. Dann konnten die Gangster gar nix machen. Und Murats Gang auch nicht. Aber das war totaler Quatsch. Murat musste den Bankräubern doch nur verraten, dass Justin mich mit der Tasche gesehen hatte, und schon war ich komplett geliefert.

»Wenn wir bloß einen richtigen Plan hätten«, murmelte ich und schwang die Beine aus dem Bett.

Schnell zog ich mir meine Klamotten an, ging zum Fenster und schob den Vorhang zur Seite. Die Sonne schien, Kinder mit bunten Ranzen liefen über die Straße. Am Fenstergriff hing der Schutzengel, den mir Papa geschenkt hatte. Er lächelte mich fröhlich an, so als wollte er mir Mut machen.

»Ich geh heute einfach nicht in die Schule«, sagte ich leise zum Engel. »Ich bleib zu Hause.«

Das war echt die beste Lösung. Ich zog den Vorhang wieder zu, damit niemand in mein Zimmer schauen konnte.

Ich hatte schon öfter mal die Schule geschwänzt, und als es dann rausgekommen war, gab es natürlich den totalen

Stress. Mama und Frau Meyer-Kowalke, meine Klassenlehrerin, wollten unbedingt wissen, warum ich nicht im Unterricht gewesen war. Ist doch klar: Weil der langweilig ist und es außerdem keinen Spaß macht, von den anderen geärgert zu werden. Und an manchen Tagen ist auf dem Flugfeld so ein perfekter Wind, dass ich einfach kiten muss!

Als ich das den beiden so sagte, wurde Mama richtig böse und meckerte rum. Sie schrie mich an, dass ich gefälligst nicht so frech sein soll.

Echt blöd! Die Erwachsenen wollen immer, dass man die Wahrheit sagt, aber wenn man es dann macht, rasten sie direkt aus.

Ich lief in die Küche, nahm Brot und Butter aus dem Küchenschrank und schmierte mir zwei Klappstullen. Vielleicht versteht Frau Meyer-Kowalke es dieses Mal, warum ich schwänze, dachte ich. Ich will einfach nicht von der Gang und auch nicht von den Bankräubern fertiggemacht werden. Zum Glück wird heute niemand was mitkriegen. Mama und Kaminski hängen ewig auf dem Amt ab und gehen danach in die Hasenschänke, um sich von der Sachbearbeiterin zu erholen. Das sagt jedenfalls Kaminski immer. Die Sachbearbeiterin kümmert sich bestimmt um den gesamten Kiez, denn die Hasenschänke ist immer voll.

Ich öffnete eine Flasche Cola, nahm die Stullen und ging in mein Zimmer. Dort setzte ich mich an den Schreibtisch, surfte im Internet und kaute auf dem Brot rum.

Mama schimpft immer, wenn sie das sieht, weil sie will, dass ich mich aufs Essen konzentriere und dabei nichts anderes tue. Das hat ihr Oma Monika so beigebracht. Die wohnt in Waren an der Müritz, in einer Datsche am See. In den Sommerferien besuche ich sie manchmal. Wir fahren Boot, gehen baden und essen Eis. Oma Monika ist cool, sie lässt mich fernsehen, wenn es draußen regnet. Und abends machen wir Lagerfeuer und singen russische Partisanenlieder.

Wenn Murats Gang und die Bankräuber mich weiter jagen, verstecke ich mich einfach in Oma Monikas Datsche. Das ist echt mal ein guter Plan, denn in der Datsche würde mich niemand finden.

Ich öffnete eine Internetseite nach der anderen. Neuigkeiten zum Banküberfall gab es nicht, alle Zeitungen schrieben dasselbe. Auf einem Foto war ein Mann zu sehen, der total auf die Banken schimpfte. Er meinte, dass die immer das Geld der braven Leute verprassen würden. Und wenn sie dazu dann noch ausgeraubt wurden, brauchte man sich nicht zu wundern, wenn an jeder U-Bahn-Station ein Bettler einstieg.

Es war langweilig ohne Felix. Ich legte GTA in den Computer ein. Das ist das coolste Spiel der Welt und es gibt ganz viele Teile. Felix hat mir eine Kopie besorgt, ich hätte mir das Spiel nie im Leben kaufen dürfen, es ist erst ab achtzehn. Ich verstecke die CD immer in der Hülle vom König der Löwen, damit Mama sie nicht findet. Sie würde sie mir nämlich sofort wegnehmen.

Ich spielte die Mission weiter, die ich beim letzten Mal nicht geschafft hatte, und verfolgte einen Geldtransporter

durch die Stadt. Dabei wurde ich von den Männern im Transporter beschossen und musste echt aufpassen, nicht getroffen zu werden. Auf einer Brücke rammte ich den Transporter und er fiel aus mindestens zwanzig Metern Höhe auf die Gleise. Ich sprang aus meinem Auto, lief eine schmale Treppe runter und musste das Geld aus dem brennenden Transporter holen, und zwar bevor er explodierte. Beim neunten Versuch hatte ich es endlich geschafft und trank erleichtert einen Schluck Cola.

Ob die Bankräuber GTA kannten? Vielleicht hatten sie sich den Überfall dort abgeguckt. Frau Meyer-Kowalke sagt immer, dass Computerspielen den Charakter verdirbt. Wenn man zum Beispiel im Spiel jemanden verprügelt, dann schlägt man eines Tages jemanden in echt. Ich habe das noch nie gemacht, aber manche, sagt jedenfalls Frau Meyer-Kowalke, können Spiel und Wirklichkeit nicht unterscheiden. Die landen dann direkt im Gefängnis.

Ich spielte noch ein paar Missionen, bis es irgendwann an der Tür klingelte. Ich schaute auf die Uhr. Es war schon zwei! Die Zeit war so schnell vergangen.

Ich ließ Felix rein. Als er sah, dass ich GTA spielte, setzte er sich sofort an den PC, schnappte sich ein Auto und raste durch die Gegend. Das klappte mit einer Hand aber nicht so gut. Er haute mit dem Gips wie ein Bekloppter auf der Tastatur rum und krachte mit dem Auto voll ins Meer. »Mist! So ein blöder Tag!«

»Ist was passiert?«

»Ja, Mann. Die Gang hat mich abgefangen. Hier!«

Er hielt mir seinen Gips hin. Jemand hatte mit schwarzer Schrift *Opfer* draufgeschrieben.

»Die waren total sauer, weil du heute nicht in der Schule warst. Die denken jetzt, dass du mit dem Geld abgehauen bist.«

»Warte. Ich mach das weg.« Ich kramte einen Edding aus der Federtasche, setzte mich neben ihn und übermalte damit *Opfer*.

»Das hilft nicht«, grummelte Felix und starrte in den Monitor. »Morgen überlegen die sich was anderes. Und wenn die es nicht machen, dann eben die Gangster. Der weiße Lieferwagen parkt auch schon wieder in der Schillerpromenade.«

Als *Opfer* nicht mehr zu lesen war, hörte ich auf zu malen.

Felix spielte mit einer Hand weiter.

Es hatte echt keinen Sinn, dass ich die Schule schwänzte, wenn die Gang dann Felix fertigmachte. Ich konnte mich nicht einfach verstecken. Wenn wir gewinnen wollten, mussten wir was tun. Und zwar schnell!

Schon wieder flog Felix' Auto durch die Luft, dieses Mal landete es auf dem Dach einer Garage.

»Alles wird nur schlimmer, wenn wir abwarten«, murmelte ich. »Es muss uns was einfallen!« Ich rüttelte an Felix' gesundem Arm. »Denk mit nach!«

In dem Moment fuhr ein Motorroller durch die Straße, sein Knattern hörte vor der Haustür auf. Ich sprang zum Fenster und lugte durch die Vorhänge. Auf dem Bürgersteig stand der Cowboy. Er setzte gerade seinen Helm ab und hängte ihn an den Lenker seines Rollers.

»Mist, wusste ich es doch!«

»Was ist los?«, rief Felix.

Der Cowboy ging auf unsere Haustür zu.

Er klingelte, ausgerechnet bei mir. Jetzt schaute auch Felix erschrocken hoch und ließ die Tastatur los.

»Das ist der Cowboy«, sagte ich. »Ich erkenne ihn immer am Knattern seines Motorrollers.«

Felix schob die Tastatur von sich. »Mach bloß nicht auf!«

Es klingelte noch mal.

»Los, komm mit«, flüsterte ich. »Aber leise!«

Wir schlichen zur Wohnungstür. Ich hörte, wie die Hauseingangstür ins Schloss fiel.

»Irgendjemand hat ihn reingelassen«, murmelte ich.

Felix nickte stumm.

Der Cowboy klingelte an der Wohnungstür.

Und noch mal, dreimal hintereinander.

Wir machten nicht auf. Dann fing er an zu klopfen.

»Hau ab«, raunte Felix neben mir. Er meinte den Cowboy. Ich konnte mich vor Schreck nicht bewegen. Was sollte ich auch tun?

Der Cowboy rüttelte an der Wohnungstür. Ich schaute zu Felix. Seine Unterlippe zitterte.

Plötzlich hörten wir ein mechanisches Klacken, die Klinke bewegte sich. Felix packte vor Schiss meinen Unterarm. Es klackte erneut.

»Er versucht einzubrechen«, flüsterte ich.

Vorher wollte er durch das Klingeln überprüfen, ob jemand zu Hause war. Und weil wir nicht aufgemacht hatten, dachte er jetzt, dass er freie Bahn hatte.

»Scheiße«, sagte ich leise. »Wir müssen uns verstecken!«

»Und wo?«

Das Klacken wurde immer lauter und die Klinke ging hoch und runter. Felix ließ meinen Arm los und kroch ein paar Zentimeter rückwärts.

»Wir springen aus dem Fenster«, flüsterte er. »Und rufen die Polizei!«

»Was machen Sie da?«

Herr Kunze aus dem Seitenflügel! Seine Stimme kannte ich gut, weil er öfter mal mit mir schimpft, wenn ich den Müll falsch sortiere oder so.

»Äh, ich wollte jemanden besuchen«, sagte der Cowboy mit Piepsstimme.

Ich biss mir vor Aufregung in die Hand.

Herr Kunze kam näher. »Ist wohl keiner zu Hause. Sonst würden die bei dem Krach, den Sie hier veranstalten, ja wohl die Tür öffnen.«

»Äh«, stammelte der Cowboy. »Merke ich auch gerade.«

»Dann ziehen Sie gefälligst Leine«, rief Herr Kunze. »Ich kenne Sie! Wenn Sie hier noch mal aufkreuzen, rufe ich die Polizei.«

Ich hörte schnelle Schritte und einen leichten Aufprall.

»Bleiben Sie stehen! Sie haben was verloren!«

Die Haustür schlug zu, es war wieder still. Herr Kunze hustete im Flur.

Langsam öffnete ich die Tür. Die Haare von Herrn Kunze waren durcheinander und seine blauen Augen schauten mich verwirrt an.

Er hatte eine kleine Tasche in der Hand.

»Du bist ja doch zu Hause!«

»Ja, ich hab ihn wohl verpasst.« Ich schaute auf die Tasche. Was mochte da wohl drin sein?

»Die hat er verloren.« Herr Kunze hielt sie hoch. »Was soll ich jetzt damit? Es scheint eine Kamera drin zu sein.«

Das war vielleicht die Gelegenheit, mehr über die Bankräuber zu erfahren.

»Die können Sie gern hierlassen«, sagte ich. »Ich bringe sie ihm zurück.«

Herr Kunze zuckte mit den Schultern. »Na, von mir aus.« Er gab mir die Tasche.

»Aber merk dir eins, Junge! Gib dich bloß nicht mit diesem Typen ab. Der taugt nichts.«

»Nee, mach ich nicht. Danke schön.« Schnell schloss ich die Tür wieder.

Felix war zurück in mein Zimmer gelaufen und hing am Fenster. »Er ist gerade wieder mit dem Motorroller weggefahren. Wieso wollte der bei dir einbrechen?«

»Er sucht bestimmt das Geld.«

»Warum ausgerechnet hier und nicht im ganzen Haus?«

Erschöpft plumpste ich auf den Hocker.

Ich musste es ihm jetzt wohl sagen. »Der Cowboy hat mich am Container gesehen, also an dem Abend, als die Gangster die Tasche reingeworfen haben.«

»Was?«, rief Felix. »Das hast du mir ja gar nicht erzählt! Warum nicht?«

»Du solltest keine Angst kriegen.«

»Na toll! Dann wissen die ja total Bescheid. Und ich renn draußen rum und riskier mein Leben.«

Das ist voll übertrieben, dachte ich und legte die Kamera auf den Tisch. »Immerhin sind wir ihn jetzt erst mal los. Und wir haben das hier.«

Felix hielt den Kopf schief. »Was ist das?«

»Eine Kamera. Die hat der Cowboy verloren. Sie könnte uns vielleicht nützlich sein.«

Ich setzte mich an den Tisch, zog die Kamera aus der Hülle und schaltete sie ein. Felix nahm sich den Stuhl und rutschte an mich ran. Schnell klickte ich durch die Fotos, die mit der Kamera gemacht worden waren.

»Alter«, sagte Felix.

So ein ähnliches Foto hatte ich im Internet gesehen. Es war die Bank am Hermannplatz. Ich klickte und klickte.

»Aufgenommen aus allen möglichen Perspektiven«, murmelte ich. »Und hier sind sogar der Glatzenmann und der Cowboy zu sehen. Genau vor der Bank, die überfallen wurde. Sie essen einen Döner.«

Nur der Dicke war nicht drauf, wahrscheinlich hatte er die Fotos gemacht.

»Das ist voll der Beweis«, sagte Felix. »Die sind eigentlich ganz schön blöd! Aber was machen wir damit? Die kommen doch bestimmt wieder, vielleicht sogar mit Verstärkung. Wir brauchen einen Plan, sofort!«

Ich nickte. Uns musste was einfallen, und zwar schnell.

Felix nahm sich ein Blatt Papier und einen Stift. »Wir müssen strukturiert vorgehen!«

Er klang voll strebermäßig, wie im Unterricht.

»Wie meinst du das?«

»Na, ist doch klar. Wir müssen uns überlegen, was unser Ziel ist.«

Es klingelte schon wieder, wir sprangen vor Schreck gleichzeitig auf. »Er kommt zurück«, rief Felix aus.

»Geh du zur Tür, ich schau durchs Fenster!«

Felix schlich aus dem Zimmer und ich schob vorsichtig den Vorhang beiseite.

Es war Murat!

Er stand vorm Hauseingang und schaute zu meinem Fenster. Ich hockte mich schnell auf den Fußboden.

Mehrmals klopfte er an die Scheibe. »Ey, mach auf! Hab Frage!«

Ich bewegte mich nicht. Felix kam zurück ins Zimmer und ich legte meinen Zeigefinger auf die Lippen. Lautlos formte ich mit dem Mund Murats Namen.

»Ich komm wieder«, rief der draußen.

Nach einer Weile traute ich mich, erneut durch den Vorhang zu schauen. Vor dem Fenster war niemand mehr.

Wir setzten uns an den Schreibtisch.

»Also noch mal«, sagte Felix. »Was ist unser Ziel?«

Ich griff nach dem Stift. »Die Bankräuber loswerden. Und das Geld behalten.«

»Und damit was Gutes tun«, meinte Felix. »Es gibt nur

ein Problem.« Er malte zwei große Kreuze auf das Blatt. »Die Bankräuber und Murats Gang.«

Fragend schaute er mich an.

»Die müssen wir besiegen«, rief ich. »Aber wie? Die sind viel stärker als wir.« Mein Magen knurrte. Ich hatte Hunger.

Eine Weile sagten wir beide nichts. Ich hippelte vor Aufregung mit dem Stuhl rum und versuchte nachzudenken. Aber je mehr ich mich anstrengte, desto leerer wurde mein Kopf.

Felix starrte abwesend in den Monitor. »Puh«, machte er und pustete Luft aus. »Ist ja schlimmer als Hausaufgaben machen.«

»Echt mal.«

»Wenn meine Mutter eine Entscheidung treffen muss, dann macht sie immer so eine komische Liste«, murmelte Felix.

»Was denn für eine Liste?«

»Keine Ahnung. Ich weiß nur, dass auf der linken Seite *gut* und auf der rechten Seite *schlecht* steht.«

»Wie meinst du das?«

»Na, die Vor- und Nachteile einer Sache, über die sie nachdenkt. Und am Ende findet sie dann immer eine Lösung.«

Ich kippte mit dem Stuhl ran an den Schreibtisch. »Dann lass uns das doch mal ausprobieren, mit unserer Situation.«

Felix nickte.

Ich schrieb *gut* und *schlecht* auf das Blatt. »Wir wissen, wo das Geld ist.«

»Gut«, meinte Felix. Er wurde langsam wieder wach. »Und wir wissen, wer die Bankräuber sind, was sonst keiner weiß, nicht mal die Polizei.«

»Auch gut!« Ich schrieb schnell mit.

»Aber jetzt kommen die schlechten Punkte. Wir sind viel zu wenig Leute.«

»Hm«, machte Felix und kratzte an seiner Stirn rum. »Und wir haben zwei starke Gegner: die Bankräuber und Murats Gang.«

»Wir brauchen jemanden, der uns hilft«, murmelte ich. »Aber wer könnte das sein?«

Wir schauten uns hilflos an. Mehrere Minuten passierte nichts. Felix stützte sein Kinn auf die Hand und schwieg. Schließlich griff er sich die Tastatur. »Ich kann echt besser denken, wenn ich zocke.«

Wieder grummelte mein Magen.

»Habt ihr nichts zu essen im Haus?«, nuschelte Felix vor sich hin, während er auf der Tastatur herumdrückte.

»Ich geh schnell mal zum Supermarkt und hol uns was«, sagte ich.

»O. k.«, meinte Felix gedankenverloren.

In der Tasse im Küchenschrank lagen noch ein Euro und ein paar Zehncentstücke. Für eine Tüte Chips würde es reichen. Bevor ich auf die Straße ging, schaute ich mich vorsichtig um. Die Bankräuber waren nicht zu sehen, Murat auch nicht.

Ich lief in den Supermarkt und direkt zum Chips-Regal, fischte meine und Felix' Lieblingssorte raus und stellte mich

an die Kasse. Drei kleine Jungs kramten gerade Geld für eine Tafel Schokolade zusammen. Die Kassiererin wartete geduldig, bis endlich fünfzig Cent auf dem Fließband lagen.

Plötzlich schnappte sich einer der Jungen die Schokolade und wollte wegrennen, aber der andere stellte ihm schnell ein Bein und warf sich schreiend auf ihn drauf.

Sie rangelten auf dem Boden des Supermarktes rum.

»Hallo!« Die Kassiererin stand auf, um sie besser sehen zu können. »Wir sind hier nicht in der Schule! Hört sofort auf damit.«

Aber die beiden kämpften weiter und knallten gegen die Einkaufswagen. Die Schokolade rutschte über die Fliesen, der dritte Junge bückte sich danach und rannte mit der Tafel aus dem Supermarkt.

Die beiden anderen rappelten sich hoch, schauten sich verwundert an und liefen dem Jungen hinterher.

Echt Pech, dachte ich. Hätten sie lieber mal miteinander geteilt, dann hätte jeder was abgekriegt.

Die Kassiererin blinzelte müde mit den Augen. Ihre Brille war noch immer kaputt. »Wenn zwei sich streiten, freut sich der Dritte«, murmelte sie.

»Hm.« Ich stopfte das Wechselgeld in meine Hosentasche.

Wieder in meinem Zimmer, öffnete ich die Tüte und aß ein paar Chips, auch Felix griff rein. Dann spielte er weiter GTA. »Lecker. Paprika.«

»Hast du schon eine Idee gehabt?«

»Nö.«

Ich schaute ihm über die Schulter und in den Monitor. Er kämpfte gerade gegen einen fiesen Rivalen, wurde von ihm angeschossen und ging fast drauf, als plötzlich Polizisten auftauchten, den Rivalen überwältigten und verhafteten. In der Zwischenzeit konnte Felix mit einem Auto abhauen.

Ich hielt den Atem an.

Kennt ihr das? Manchmal merkt man, dass man gleich einen voll genialen Einfall haben wird, und genauso ging es mir in diesem Moment. Eine Sekunde, zwei Sekunden und in meinem Kopf entstand ein richtiger Plan. »Wenn zwei sich streiten, freut sich der Dritte«, rief ich laut.

Felix fuhr überrascht auf dem Hocker hoch. »Was ist?«

»Ich habe eine Idee!«

Er hörte auf zu spielen.

»Wir stellen den Bankräubern eine Falle«, sagte ich. »Und zwar auf dem Flugfeld.«

Felix schaute mich an, als wäre ich bekloppt. »Ich versteh kein Wort. Wie meinst du das?«

Ich setzte mich wieder hin, holte tief Luft und schloss die Augen, um mich zu konzentrieren.

»Nun sag schon«, drängelte Felix.

Ich öffnete die Augen wieder. »So ähnlich wie eben bei GTA. Wir locken die Bankräuber aufs Flugfeld und alarmieren heimlich die Polizei, die sie dann verhaftet.«

Felix schob sich aufgeregt ein paar Chips in den Mund, krümelte den Tisch voll und starrte mich ungläubig an. »Und wie weiter?«

»Danach übergeben wir der Polizei das Geld vom Bankraub und sind Helden, weil wir den Fall gelöst haben.«

»Aber dann ist das Geld weg«, rief Felix. »Du wolltest es doch behalten.«

Ich grinste. »Ganz einfach: Finderlohn!«

Felix' Augenbrauen schoben sich fast ineinander. »Finderlohn?«

»Ich hab mal gehört, dass man fünf Prozent kriegt, wenn man der Polizei gestohlenes Geld zurückbringt. Wir haben ungefähr sechzigtausend Euro.«

Felix atmete tief ein, nickte. »Nicht schlecht. Dreitausend Euro Finderlohn.«

»Das sind eintausendfünfhundert Euro für jeden«, rief ich. »Das ist immer noch echt viel Geld. Und wir werden berühmt!«

Felix rutschte auf dem Hocker herum. »Aber wie kriegen wir die Bankräuber aufs Flugfeld?«

»Wir sagen, dass wir ihnen das Geld zurückgeben wollen.«

Wir griffen gleichzeitig in die Chipstüte.

»Aber jetzt kommt das Beste!«

Felix hielt ein paar Chips zwischen den Fingern und schaute mich gespannt an.

»Murat und seine Gang helfen uns dabei!«

Felix fielen die Chips aus der Hand. »Wie das denn?«

»Er und die Gang werden die Bankräuber umzingeln und festhalten, bis die Polizei kommt.«

»Aber warum sollte er das machen?«

»Wir sagen Murat, dass sich die Bankräuber heimlich mit dem Geld auf dem Flugfeld treffen, und dass wir es klauen wollen. Murat wird versuchen, es ihnen abzujagen.« Ich grinste. »Und wenn zwei sich streiten, freut sich der Dritte!«

Felix runzelte die Stirn. »Und dann rufen wir einfach die Polizei?«

»Genau! Und bis dahin haben wir Murat auf unserer Seite und damit einen Gegner weniger. Wir müssen es jetzt nur irgendwie hinkriegen, dass er uns vertraut.«

Wir grübelten eine Weile über alles nach.

»Es gibt nur ein Problem«, sagte Felix. »Murat wird sauer sein, wenn er merkt, dass wir ihn angelogen haben und die Bankräuber das Geld gar nicht haben.«

Das fand ich auch blöd, eigentlich wollten wir uns ja mit Murat anfreunden. Ich ließ mich auf den Stuhl fallen und dachte nach. Mir fielen die drei Jungs mit der Schokolade ein, die nicht teilen wollten.

»Wir könnten ihm was vom Finderlohn abgeben.«

Felix klopfte nervös mit dem Gips auf dem Tisch herum. »Er wird uns trotzdem voll fertigmachen.« Laut stöhnte er auf und schaute mich an. »Mensch, das ist alles so gefährlich! Wir können doch auch einfach so zur Polizei gehen, das Geld abgeben und den Finderlohn einkassieren.«

Ich schüttelte den Kopf. »Das geht nicht. Ich hab Wachtmeister Klose angelogen, ich kann jetzt nicht einfach alles zugeben. Aber wenn wir helfen, den Banküberfall aufzulösen, werden alle verstehen, warum wir das Geld behalten haben. Es war ein Trick, um die Gangster zu überführen.«

Felix saß auf seinem Hocker und war ein wenig blass. Unser Plan war super, fand ich. Aber wie sollte es jetzt weitergehen?

»Als Erstes müssen wir den Bankräubern eine Botschaft übermitteln«, sagte ich. »Also, dass sie aufs Flugfeld kommen sollen, Tag und Uhrzeit und so.«

Felix blies die Backen auf. »Aber wie machen wir das? Die vermöbeln uns doch, wenn wir ihnen zu nahe kommen.« Er stand auf und tigerte im Zimmer herum, schaute durch die Vorhänge hinaus auf die Straße. »Ich weiß echt nicht«, flüsterte er.

Vielleicht musste er sich erst an unsere neue Idee gewöhnen, ging mir ja auch so. Ich hatte Durst und schlurfte langsam in die Küche. Im Kühlschrank standen noch zwei kleine Flaschen Cola. Ich machte sie auf, öffnete das Küchenfenster und schmiss die Deckel in die Mülltonne, die direkt davorstand. Danach machte ich das Fenster wieder zu.

Plötzlich hörte ich Felix rufen. »Ich hab's! Komm her!«

Ich rannte los und verschüttete dabei etwas Cola. Felix hatte den Vorhang beiseitegeschoben und zeigte nach draußen. »Da!«

Hastig stellte ich die Flaschen auf den Tisch und lief zu ihm.

Auf der Straße stand einige Meter entfernt der Lieferwagen.

»Wir klemmen eine Nachricht unter den Scheibenwischer«, sagte Felix aufgeregt. »Geht dein Drucker?«

»Klar.«

Wir setzten uns wieder und ich öffnete Word.

»Nimm Times New Roman«, sagte Felix. »Mit der Schrift schreiben alle.«

»Und was genau schreiben wir?«

Felix klopfte sich mit dem Finger an die Stirn, so als müsste er sein Gehirn aufwecken. »Wie lange brauchen wir denn so für die Vorbereitung?«

»Weiß nicht, bestimmt einen Tag«, murmelte ich. »Also könnte die Übergabe übermorgen stattfinden.«

Felix räusperte sich. »Schreib: Ich weiß, wo das Geld vom Banküberfall ist.«

Ich tippte los, Felix redete weiter. »Treffpunkt ist Samstag um fünfzehn Uhr auf dem Flugfeld, nahe Biergarten.«

Ich druckte die Nachricht aus, Felix fischte das Blatt aus dem Drucker, legte es vor uns auf den Tisch und schaute es sich an. »Treffpunkt wird mit zwei f geschrieben, nicht nur mit einem. Korrigier das mal und druck es noch mal aus.«

Wie im Unterricht! »Muss das sein?«

Er schaute mich streng an. »Die sollen doch nicht sofort merken, dass wir noch zur Schule gehen. Sonst fliegen wir gleich auf.«

Felix meinte das so ernst, dass ich das fehlende f ergänzte und die Botschaft noch mal ausdruckte. Ich glaube, ehrlich gesagt, nicht, dass die Bankräuber den Fehler bemerkt hätten. Und selbst wenn, wären sie doch nicht gleich auf uns gekommen. Manche Erwachsene können schließlich auch nicht schreiben, Kaminski zum Beispiel. Und Manjano, der in unsere Schule geht, hat Eltern, die nicht mal lesen können.

»Wenn ich nachher die Zwillinge abhole, kann ich die Botschaft am Lieferwagen befestigen.«

»Richtig unauffällig ist das nicht«, meinte Felix. »Wir sollten warten, bis es dunkel ist.«

»Dann ist der Wagen vielleicht nicht mehr da.«

»Stimmt!« Felix nickte. »Wir müssen die Botschaft so schnell wie möglich überbringen, ansonsten ist der gesamte Plan nichts wert.«

Ich schaute auf die Uhr. »Ich könnte Laura und Leon jetzt schon holen, mit ihnen am Wagen vorbeilaufen und die Nachricht hinterlassen. Und wenn das erledigt ist, gehen wir Murat suchen.«

»In Ordnung!« Felix stand auf. »Ich werde mich solange im Gebüsch auf dem Mittelstreifen verstecken und alles beobachten.«

Ich nahm meine blaue Jacke und Felix sein Skateboard. Gemeinsam gingen wir aus der Wohnung und trennten uns vor dem Haus.

Ich rannte zum Kinderladen. Leon stand schon am Eingang. Er grinste mich an und lief in den Raum, wo die anderen Kinder waren. »Laura, komm!«, rief er.

Sie lief zu mir, in der Hand hatte sie ein paar Hello-Kitty-Sticker. Wir gingen zurück zum Herrfurthplatz. Irgendwo auf dem Mittelstreifen der Schillerpromenade war jetzt Felix versteckt. Ich schaute mich unauffällig um, konnte ihn aber nirgendwo entdecken.

Laura spielte mit ihren Stickern und klebte Leon einen auf seinen Ärmel, er merkte es gar nicht.

Auf einer Bank saß George, auf dem Boden vor ihm standen zwei Bierflaschen.

»Der trinkt Bier wie Papa«, sagte Leon und grinste.

Ich packte ihn am Kragen und schob ihn weiter Richtung Lieferwagen. Laura summte ein Lied und Leon machte mit. Das war schon mal eine gute Tarnung. Jetzt musste ich die Botschaft dranheften. Ich ging näher an die Seite des Wagens und bückte mich, so als wollte ich mir die Schuhe zubinden. Ein Vogel sang oben in einem Baum. Vorsichtig schaute ich mich um, während Leon noch immer summte und Laura einen Hello-Kitty-Sticker an den Lieferwagen pappte. Sowas darf sie eigentlich nicht, aber ich konnte jetzt nicht schimpfen, sondern musste schnell meine Mission beenden. Ich nahm den Zettel aus der Jackentasche, richtete mich wieder auf und klemmte ihn unter den Scheibenwischer.

Puh, dachte ich, das ist ja mal gut gegangen!

Plötzlich ein Stoß in meinem Rücken. Ich knallte gegen den Lieferwagen und fiel fast hin, fing mich aber wieder und drehte mich um.

Murat! Auf seinem Shirt stand *100 % Türke.* Er roch extrem nach Hugo Boss. »Hast mich nicht gesehen, was?«

Ich war total überrumpelt. Eigentlich wollte ich ja sowieso mit Murat über die Bankräuber und das Flugfeld sprechen, aber so schnell war ich darauf echt nicht vorbereitet.

Murat holte mit dem Arm aus, ich dachte, dass er mir

eine knallen wollte, und duckte mich. Stattdessen langte er um mich herum und griff sich den Zettel.

»Der Besitzer könnte die Scheiben auch mal wieder putzen«, rief Murat. »Voll dreckig das Papier!«

Er hielt den Zettel hoch, damit ich nicht rankommen konnte.

»Krass, Alter! Hier steht: ›Ich weiß, wo das Geld vom Banküberfall ist. Treffpunkt ist Samstag um fünfzehn Uhr auf dem Flugfeld, nahe Biergarten.‹«

Seine dunklen Augen starrten mich an.

Mist! Jetzt wusste Murat, dass ich das Geld hatte. So hatte ich mir das eigentlich nicht vorgestellt. Und eine Ausrede hatte ich auch nicht parat.

Ich stotterte rum. »Hm, wollte mit dir sowieso reden, weil … also, weil du mir helfen musst!«

»Helfen? Bist du krank oder was?«

»Nee, aber Felix und ich wollen –« Plötzlich war der Glatzenmann hinter ihm.

»Her damit!« Er riss Murat den Zettel aus der Hand.

»Ey«, rief Murat wütend.

Ich wollte weglaufen, aber jemand umklammerte mich von hinten. Der Dicke, der mich auf dem Rad verfolgt hatte.

»Nicht so schnell, Sportsfreund!«

»Wer hat das geschrieben?«, schrie der Glatzenmann.

»Der war das!« Murat zeigte auf mich.

»Nein«, rief ich. »Er war's!«

»Aha.« Der Glatzenmann stopfte den Zettel in seine Jackentasche und schob langsam die Tür zum Laderaum des Wagens auf. Auf einmal drehte er sich wieder um und packte blitzschnell Murats Schultern. Der hatte überhaupt nicht mit dem Angriff gerechnet. »Ey, was soll das denn?«, rief er.

»Wir werden schon noch herausfinden, wer von euch dieses Spiel mit uns treibt!« Der Glatzenmann stieß Murat in den Wagen.

Ich wollte mich vom Dicken losreißen, aber der war total stark. Bevor ich es überhaupt kapiert hatte, lag ich im Wagen neben Murat, der mich entsetzt anstarrte.

Draußen fing Leon an zu weinen. So ein Mist! Ich drückte mich hoch, aber der Dicke presste mich zurück auf den Boden und zog meine Arme nach hinten. Ich versuchte, mit den Beinen zu treten, aber ich hing irgendwo fest. Der Dicke wickelte was um meine Hände. Auch Murat strampelte, aber es half nichts, der Glatzenmann war stärker und fesselte auch ihn. »Dann mal ab ins Lager«, rief er.

Die Wagentür flog zu. Die Gangster stiegen vorne ein und warfen den Motor an. Ich konnte sie nicht sehen, das Fenster zwischen Fahrerhaus und Laderaum war mit Pappe zugeklebt. Aber ich konnte hinten rausschauen und die Straße erkennen.

Mit lautem Geheul fuhr der Wagen los und raste über das holperige Kopfsteinpflaster. Murat und ich rollten im Wagen hin und her.

»Kabelbinder, Scheiße, Mann!« Murat wollte aufstehen, aber der Wagen wackelte so, dass er mit dem Kopf gegen die Wand knallte. »Aah!«

Oh nein! Laura und Leon blieben allein auf der Straße zurück. Hoffentlich passierte ihnen nichts. Ich setzte mich auf und fiel sofort wieder um. Es stank nach ausgelaufenem Bier.

»Spinnst du?«, brüllte Murat. »Wieso sagst du, dass ich den Zettel geschrieben habe?«

Ich presste mich an die Wagenwand und wollte mich hochdrücken, aber das war mit verbundenen Händen extrem schwierig. Ich bekam kaum Luft vor Angst. Was ging hier ab? Meine Beine waren wie Gummi, ich begann zu schwitzen.

»Was ist los, Mann?«, rief Murat.

Der Motor dröhnte laut. Wir waren gefangen und ich war daran schuld. Ich musste alles dafür tun, dass wir hier rauskamen. Mein ganzer Körper zitterte, ich atmete hektisch und hatte Schiss wie noch nie.

»Wo ziehst du mich rein?«, schimpfte Murat.

Der Plan war hin. Murat war noch immer mein Gegner, sogar noch viel doller als vorher. Aber darüber durfte ich echt nicht nachdenken, in diesem Moment waren die Gangster die größte Gefahr. Wir mussten ihnen unbedingt entkommen. Panisch warf ich den Kopf umher, schaute mich im Wagen um und suchte nach irgendwas, was uns helfen konnte. Aber da war nichts!

»Ich mach dich voll fertig!«

»Hör auf«, rief ich. »Wir müssen hier raus!« Mein Herz schlug wie verrückt. Ich schloss die Augen, um nachzudenken. Wir rumpelten über das Pflaster, meine Ellenbogen stießen an die Wand, es tat saumäßig weh.

»Du bist voll erledigt.«

Ich riss die Augen auf und starrte Murat wütend an. »Halt die Klappe, Mann, ich muss mich konzentrieren!«

Da fiel mein Blick auf die Wagentür. Endlich! Eine Idee!

»Die Tür«, rief ich. »Sie ist nicht abgeschlossen. Die haben sie nur zugeworfen!«

Aber Murat hörte überhaupt nicht hin. »Ich werde denen sagen, dass du den Zettel geschrieben hast.« Er rieb seine Arme aneinander und versuchte, die Fesseln zu lockern.

Ich durfte mich nicht einschüchtern lassen, auch wenn ich mir fast in die Hosen machte. »Das werden sie dir nicht glauben.«

»Ha!«, sagte Murat höhnisch.

»Wenn der Wagen hält, müssen wir versuchen, an die Tür zu kommen.«

Ich schaffte es, mich auf die Knie zu drehen und durch das kleine Hinterfenster zu schauen. Und traute meinen Augen kaum: George!

Er raste uns auf dem Rad vom Dicken hinterher. Und direkt hinter ihm war Felix auf dem Skateboard.

Was hatte George mit der Sache zu tun?

Wir fuhren an der Brauerei vorbei, und da ging es zum Glück bergab, sodass Felix mit seinem Skateboard an uns dranbleiben konnte.

Plötzlich raste der Wagen um die Kurve, ich verlor das Gleichgewicht und krachte gegen die Wand. Mein Kopf verfehlte nur knapp eine Kabeltrommel, die auf dem Boden stand.

Ich lag auf der Seite und fühlte, dass irgendwas an meinem Bein drückte. Auf einmal wusste ich, wie wir uns befreien konnten. Papas Messer war in meiner Hosentasche.

Ich rutschte an Murat ran.

»Ey!« Er rückte sofort ein Stück weg.

»Wir dürfen keine Zeit verlieren«, rief ich.

Aber Murat ruckelte noch immer mit seinen Armen rum, um die Kabelbinder zu lockern, und ignorierte mich.

Ich musste ihn wachrütteln!

Was ich jetzt sagte, war echt nicht leicht, und ich nahm meinen ganzen Mut zusammen. »Eigentlich dachte ich, du wärst der coolste Typ im Kiez. Aber da hab ich mich getäuscht!«

Ruckartig drehte sich Murat um und starrte mir ins Gesicht. Endlich hörte er zu!

»Wir müssen jetzt zusammenarbeiten, auch wenn du mich nicht leiden kannst. Mann, die werden uns sonst killen!«

»Quatsch!«

»Doch! Und zwar uns beide! Das sind richtige Profis.«

Murat schüttelte den Kopf, aber ich merkte, dass er Schiss bekam. Der Wagen fuhr kurz an und stoppte wieder.

»Gleich schleppen die uns in ihr Lager und sperren uns ein. Die sind echt brutal.«

»Voll übertrieben!« Aber er klang unsicher.

»Wir müssen die Tür aufkriegen!« Ich rückte wieder nä-

her an ihn ran. »Ich hab ein Messer in der linken Hosentasche. Hol es raus und schneid meine Fesseln durch!«

Ich drehte mich so, dass er mit seinen Fingern an meine Hose kommen konnte. »Mach schnell!«

Endlich hatte er es kapiert! Murat tastete über meine Beine.

Der Wagen fuhr an, stoppte, fuhr an, stoppte. Wir knallten gegeneinander, Murats Finger rutschten wieder aus meiner Tasche und die restlichen Centstücke vom Einkaufen kullerten raus.

»Scheiße!« Er probierte es noch mal.

Endlich hatte er das Messer rausgefischt. »Ist das Schnappmesser?«

»Nein, ein normales Taschenmesser.«

Der Wagen beschleunigte. Murat fummelte am Messer rum. »Dreck!«

»Mach hin, Mann, klapp das Messer auf!«

»Jetzt hab ichs geschafft!« Er scheuerte an meinen Fesseln und ich presste meine Hände auseinander, damit er besser rankam. »Stich mir bloß nicht die Pulsader auf«, rief ich.

Dann machte es *Ratsch!* und meine Hände waren frei.

Der Motor brummte. Ich griff mir das Messer und schnitt damit Murats Kabelbinder durch.

»Zur Tür«, sagte ich und stopfte das Messer in meine Tasche. »An der nächsten Kreuzung springen wir raus!«

Ich schaute durchs Rückfenster. George war noch immer hinter uns und radelte mit nur einer Hand, in der anderen hielt er sein Handy. Felix konnte ich nirgendwo sehen.

Ich spürte, wie der Wagen langsamer wurde, und griff nach dem Türöffner. Murat war direkt hinter mir. »Gleich«, flüsterte er. »Du zuerst!«

Eine Sekunde, noch eine. Der Wagen hielt. Ich wollte die Tür aufreißen, da öffnete sie sich plötzlich von selbst! Vor mir stand George, das Fahrrad lag auf dem Bürgersteig, das Hinterrad drehte sich noch. Er starrte uns erschrocken an, seine Haare waren total durcheinander.

Ich sprang aus dem Lieferwagen, rannte einige Meter und versteckte mich hinter einem parkenden Auto. Murat lief mir nach und hockte sich daneben. »Krasse Aktion«, murmelte er.

Und dann kam auch noch Felix. Er trug sein Skateboard unterm Arm, weil das Pflaster zum Fahren zu holperig war, und schmiss sich an unsere Seite. »Alter!«, keuchte er atemlos. »So schnell bin ich noch nie in die Richardstraße gerast!«

Ich schob mich am Auto vorbei, um den Lieferwagen zu beobachten. Die Türen des Fahrerhäuschens waren aufgeflogen, der Glatzenmann und der Dicke standen auf der Straße.

Als der Glatzenmann George sah, ging er sofort auf ihn los und holte aus. Seine Faust verfehlte Georges Gesicht nur um wenige Zentimeter und vom Schwung verlor der Glatzenmann sein Gleichgewicht. Das nutzte George aus. Er schlug ihm ins Gesicht, nur einmal, aber es saß. Der Gangster fiel einfach um.

»Krasser Schlag«, rief Murat neben mir.

Der Dicke stürzte sich auf sein Fahrrad, schwang sich drauf und haute einfach ab.

Felix kicherte. »So ein Feigling!«

Der Glatzenmann lag noch immer auf dem Boden und rührte sich nicht. Die Gefahr war vorüber. Ich stand auf und lief zu George. Aus seiner Jackentasche schrie es: »Hallo! Hallo!«

Er zog sein Handy raus und gab es mir.

Ich hielt es an mein Ohr. »Hallo?«

»Polizei Berlin! Sie haben angerufen.«

»Äh …« Ich schaute George an, der zuckte mit den Schulter.

»Was gibt es?«, bellte es aus dem Handy.

»Nichts, hat sich erledigt.« Ich legte auf und gab George das Handy zurück.

Ich beugte mich über den Glatzenmann, dem Blut aus der geschwollenen Nase lief. Er blinzelte zu mir hoch.

»Ich will Ihnen das Geld wiedergeben«, sagte ich.

Er runzelte die Stirn und stöhnte laut.

»Ich will nämlich keinen Ärger mit der Polizei. Hab schon genug Probleme.«

Er drehte seinen Kopf zur Seite und bewegte ein wenig die Arme.

»He!« George reckte seine Faust in die Luft.

Der Glatzenmann wurde sofort wieder starr. Eine Fliege landete auf seiner Stirn und lief darauf herum. Das kitzelte bestimmt, aber er traute sich nicht, sie wegzujagen.

Plötzlich stand Murat neben mir und holte mit dem Fuß

aus, um den Glatzenmann zu treten. Ich schob ihn weg. »Hör auf!«

»Er hat mich entführt! Ich mach ihn alle!«

Ich packte Murat an der Schulter und flüsterte ihm ins Ohr. »Du kannst dich bald dafür rächen, versprochen! Aber erst muss ich noch was klären.«

Ich beugte mich wieder über den Glatzenmann.

»Wenn Sie das Geld haben wollen, müssen Sie bis Samstag warten. Ich habe es sicher versteckt und komme nicht sofort ran.«

»Krass!« Murat schaute mich erstaunt an.

Der Glatzenmann nuschelte irgendwas. Bestimmt wunderte er sich über das alles. Ich war schließlich erst elf und redete wie ein Profi, wie ein echter Gangster aus GTA. Irgendwie machte es richtig Spaß.

»Also, wenn Sie Stress machen, kriegen Sie gar nichts! Kapiert?«

Murat nickte. »Genau. Kein Stress!« Er fuhr sich durch die Haare.

Der Glatzenmann gab keinen Mucks mehr von sich. Ich lief zu Felix, der an einer Hauswand lehnte. Murat und George kamen hinterher. An den Fenstern hingen Leute und schauten zu uns runter.

Der Glatzenmann stand vom Boden auf und schleppte sich in den Lieferwagen. Er startete den Motor, aber der soff ab.

»Wir müssen abhauen«, sagte ich. »Die Polizei kommt sicher gleich.«

»Alter, was ist hier eigentlich los?«, rief Murat. »Sag, wieso habt ihr die Kohle? Wie seid ihr rangekommen?«

Felix klemmte sich das Skateboard unter den Arm. Hinter uns knatterte der Lieferwagen.

Wir rannten los.

»Ey!« Murat lief uns nach.

Auf einmal hörten wir die Sirenen. Ich blieb stehen und schaute mich um. Der Lieferwagen war weg, der Glatzenmann gerade noch so der Polizei entwischt.

Murat knallte gegen mich und schnaubte. »Ich rede mit dir!«

»Ja, gleich«, beschwichtigte ich ihn. »Erst müssen wir verschwinden, die Gangster sind total gefährlich!«

»Ich werd die voll fertigmachen«, schimpfte Murat. »Und euch auch! Was läuft hier?«

»Nicht so laut«, warnte ich. »Felix und ich haben schon einen Plan. Du kannst mitmachen.«

George kam auch auf uns zu und fummelte an seinem Handy rum.

Murat schaute uns misstrauisch an. »Habt ihr echt das Geld vom Überfall?«

»Wir müssen weiter!« Ich lief los, die anderen auch.

Wir konnten Murat jetzt wirklich nix mehr vormachen. Ich räusperte mich beim Gehen. »Es ist gut versteckt. Wie gesagt, du kannst mitmachen und uns helfen.«

Murat nickte wichtigtuerisch. »Ihr braucht mich!« Er tat plötzlich so, als wäre er der Chef. »Ich und die Gang, wir erledigen das.«

»Aber nach unseren Regeln«, sagte ich. »Nur, dass das klar ist!«

»Ha«, lachte er. »Voll übertrieben!«

Murat lief jetzt echt schnell, Felix und ich kamen kaum hinterher.

«Doch, du musst auf mich und Felix hören.«

»Aber ihr seid zu klein.«

»Dafür sind wir schlau«, meinte Felix mit seiner hellen Stimme. Murat lachte auf.

»Sonst läuft es nicht«, sagte ich bestimmt.

Murat blieb stehen. »Und was springt raus für mich?«

»Du kriegst einen Anteil vom Geld.«

»Und wie viel?«

»Müssen wir noch ausrechnen.«

»Ich will iPhone«, sagte Murat.

»Aber du hast doch eins«, entgegnete ich verwundert.

»Ja, iPhone 4, aber ich will 5 haben. Meine Eltern können nicht bezahlen. Hartz IV ist zu wenig.«

Felix kicherte.

»Was ist so lustig?«, fuhr Murat ihn an.

Felix verzog das Gesicht. »Na, ist doch logisch. Hartz IV – iPhone 4. Passt voll!«

»Ey«, schrie Murat und ging auf Felix los.

Felix hob seinen gipslosen Arm hoch, um sich zu schützen.

Ich griff nach Murats Schulter und zog ihn zurück. Ansonsten hätte er Felix direkt eine geknallt. »Hör auf! Das sollte ein Witz sein.«

Murat schaute mich wütend an. »Er hat meine Familie beleidigt!«

»Hat er gar nicht! Er meint das echt nicht böse«, beschwichtigte ich Murat. »Er denkt nur logisch.«

Murat runzelte die Stirn und schüttelte den Kopf. »Ihr nervt echt!« Langsam ging er weiter und beobachtete Felix. Wenn der jetzt eine falsche Bewegung machte, war er geliefert.

Zum Glück sagte er nichts mehr, hörte aber überhaupt nicht auf zu grinsen. Als Murat mal kurz wegschaute, zeigte ich Felix einen Vogel.

Ich traute mich in dem Moment natürlich nicht, Murat zu sagen, dass wir auf dem Flugfeld die Polizei rufen und das Geld zurückgeben würden – nur mit dem Finderlohn hätte ich ihn echt nicht locken können. Aber so, wie es aussah, wollte er uns sowieso nicht helfen.

Wir gingen die U-Bahn-Treppe runter.

»Und wie ist euer Plan so?«, fragte Murat plötzlich.

Überrascht schaute ich zu ihm hoch. Er hatte angebissen! Und jetzt wartete er auf eine Antwort. Ich schaute mich um, niemand war in der Nähe. Ich konnte frei reden. George war noch immer mit seinem Handy beschäftigt und verstand mich sowieso nicht.

»Felix und ich haben Beweise, dass die Gangster die Bank überfallen haben. Wir locken sie aufs Flugfeld und rufen die Polizei, die sie dann verhaften wird. Und wir tun einfach so, als wüssten wir nicht, wo das Geld ist. Und haben es danach ganz für uns allein.«

»Ich will gerechten Anteil«, rief Murat. »Fünfzig Prozent.«

Felix kniff die Augenbrauen zusammen und schielte genervt zu ihm hoch. So schaute er mich auch immer an, wenn ich im Matheunterricht nicht richtig gerechnet hatte.

»Was soll ich machen?«, fragte Murat.

Die U-Bahn fuhr ein, ich redete lauter. »Komm mit deiner Gang am Samstag um drei Uhr aufs Flugfeld. Bringt eure Drachen und Skates mit.«

Wir stiegen in die Bahn. Felix schmiss sich im Viererabteil neben mich, George setzte sich zu Murat, der sofort weiter wegrückte. George verströmte im Gegensatz zu Murat keinen Hugo-Boss-Duft.

»Wozu Drachen und Skates?«, fragte Murat.

»Wenn es windig ist, können sie uns bei dem Plan helfen.«

»Aber was passiert auf Flugfeld?«, fragte Murat. »Ist Gefahr für mich und meine Gang?«

»Nein, wir haben alles unter Kontrolle.«

»So wie gerade?«, sagte Murat aggressiv.

Ich wusste, was er meinte. Das alles hätte echt schiefgehen können. Zum Glück waren wir entkommen und lagen nicht mehr im Lieferwagen.

»Das war ein blöder Zufall, passiert nicht noch mal.«

Murat schüttelte den Kopf und atmete laut aus. Er packte den Kragen seiner Jacke und zerrte daran rum. »Ist todeswarm hier drin!«

Ich beugte mich zu ihm vor. »Du wirst viel Respekt bekommen, wenn du hilfst, die Gangster zu schnappen, ehrlich.«

Murat winkte ab. »Respekt hab ich schon. Ich will nur Anteil vom Geld. Und mich an den Typen rächen. Scheißentführer!« Seine weißen Zähne blitzten auf.

»O. k.«, murmelte ich. Die restliche Fahrt redeten wir nicht mehr. Ich merkte aber, dass Murat mich beobachtete. Als ich ihn einmal kurz anschaute, verzog er den Mund nach oben. Irgendwie war er freundlicher, nicht mehr ganz so cool.

Die U-Bahn hielt am Hermannplatz, wir stiegen aus und fuhren die Rolltreppe hoch zur U8. »Felix und ich müssen umsteigen.«

Murat nickte. »Ich geh Karstadt.« Und er rannte hoch zum Ausgang.

»Fünfzig Prozent! Blödian«, murmelte Felix.

»Hör bloß auf«, rief ich. »Du hast mit deinem Hartz-IV-Spruch fast unseren Plan gefährdet!«

Er blies die Luft raus und sagte nichts mehr.

Zusammen mit George stiegen wir in die U8. Da wir nur eine Station fahren mussten, setzten wir uns gar nicht erst hin.

George redete plötzlich auf Englisch in sein Handy. »Doont mess wis sies geis.«

Und er hielt uns das Handy unter die Nase.

»Was hat der denn?«, fragte Felix verwundert.

Ich las den Text auf dem Display vor. »Leg dich nicht an mit diese Jungs!«

George beugte sich über das Handy. »Ju häv tu gif se monnei bäck.«

»Sie müssen das Geld zurück«, stand auf dem Display.

»Was?«, riefen Felix und ich gleichzeitig und schauten uns erschrocken an. George wusste irgendwas vom Geld. Und sein Handy konnte übersetzen, wenn auch irgendwie total komisch. Er hatte auf jeden Fall alles mitgehört, was wir gesagt hatten.

Ich nahm George das Handy aus der Hand und sprach rein. »Was meinst du?«

Er schaute aufs Handy und redete weiter.

»Es ist verrückt«, las ich mit. »Sie sollten wirklich Ihren Plan vergessen.«

»So eine verdammte Scheiße«, flüsterte Felix.

Wir stiegen Boddinstraße aus, blieben aber auf dem Bahnsteig stehen, weil wir unbedingt mit George reden und herausfinden mussten, was er wusste. Er quatschte schon wieder ins Handy. »Wenn Sie nicht sofort das Geld Übergabe an die Polizei tun, werde ich sie informieren. Sie für einen solchen Deal sind viel zu jung.«

Felix stampfte vor Wut mit dem Fuß auf.

»Was soll das?«, rief ich. »Wieso mischst du dich ein?«

»It is dänscherus.«

»Es ist gefährlich«, las ich.

»Kann dir doch egal sein«, schimpfte Felix.

»Genau«, sagte ich.

George schüttelte den Kopf. »Poliez!«

Und er wollte mit dem Handy eine Nummer wählen.

»Mist, er will die Polizei anrufen«, sagte Felix.

»Halt!« Ich griff schnell nach Georges Arm. »Warte.«

Ich senkte den Kopf, sah auf den Boden. Mir musste echt schnell was einfallen.

Ich schaute George in die Augen. »Du hast recht.«

Damit Felix wusste, dass ich mir was ausdachte, um unseren Plan zu retten, kniff ich ihn in den Arm.

»Wir werden das Geld zurückgeben«, sprach ich ins Handy.

George kniff beim Lesen die Augen zusammen.

»Ehrlich«, rief ich.

Eine dicke Frau mit drei Schäferhunden lief an uns vorbei.

»Promiz?«, fragte George.

»Versprochen«, antwortete Felix.

George sah nicht zufrieden aus. Er legte den Kopf schief: »Eim nott schur if ju ar tellin se trus.«

»Ich bin nicht sicher, ob Sie sagen Wahrheit!«

Wir mussten George unbedingt überzeugen. Schnell sprach ich in sein Handy. »Wir müssen selbst die Polizei anrufen. Sonst denken alle, wir wären Diebe, und dann passiert etwas Schlimmes mit uns.«

George blickte erst mir und dann Felix in die Augen. Langsam nickte er und steckte dann sein Handy ein.

Ich atmete erleichtert aus.

»Zi ju«, rief George und lief zum anderen Ende des Bahnsteiges.

Jetzt waren wir endlich allein. Auf dem Weg zur Treppe

überholten wir die Frau mit den Hunden. Sie zog sie mit den Leinen dicht an sich ran, damit wir besser durchkamen.

»Alter«, rief Felix. »Das mit dem Lieferwagen hätte so was von schiefgehen können, wie gut, dass ich und George rechtzeitig gekommen sind.«

»Wieso hat er dir eigentlich bei der Verfolgung geholfen?«

»Keine Ahnung. Als ich mit dem Skateboard hinter euch herraste, war er auf dem Rad plötzlich neben mir. Vielleicht ist er auch hinter dem Geld her und wir können ihm nicht trauen.«

»Aber er hat uns doch heute gerettet!«

»Ja, aber ich glaube, dass er in der Nacht, als wir das Geld versteckt haben, in der Hasenheide war.«

Wir kamen hoch ins Freie, auf der Straße hupten die Autos. Vielleicht hatte Felix recht und wir mussten echt aufpassen. Schließlich kannten wir George nicht richtig. Er durfte uns auf gar keinen Fall in die Quere kommen. Immerhin lief alles gut, wir hatten sogar Murat auf unserer Seite.

»Wenn George wüsste, wo die Tasche ist, hätte er sie doch längst ausgegraben«, sagte ich.

Felix blieb stehen. »Wir schauen heute Abend nach, dann wissen wir Bescheid.«

»Gute Idee! Und wenn das Geld noch da ist, können wir George trauen. Aber wir müssen total aufpassen, dass uns niemand dabei beobachtet.«

Felix setzte das Skateboard auf den Bürgersteig und rollte neben mir her.

»Alter, hast du gesehen, wie George den Gangster umgehauen hat?«

Ich grinste. »Er war bestimmt mal Profiboxer.«

Als wir an die Schillerpromenade kamen, fiel es mir plötzlich wieder ein. Das hatte ich total vergessen!

»Mensch, die Zwillinge!«, schrie ich und rannte los, ließ Felix einfach stehen.

Sie waren allein auf der Straße geblieben!

Ich hetzte, so schnell ich konnte, über das Kopfsteinpflaster, schob mich an zwei Frauen vorbei und schaute mich wie wild um.

Nirgendwo waren Laura und Leon zu sehen. Als ich vor unserem Haus stand, sah ich, dass in ihrem Zimmer Licht brannte.

Das war einerseits ein gutes Zeichen, andererseits nicht. Mama hatte sie gefunden und wusste, dass ich sie allein gelassen hatte.

Als ich den Schlüssel ins Schloss steckte, riss sie die Tür auf. Sie hatte schon auf mich gewartet.

»Wo warst du?«, schrie sie mich an. Ihre Haare waren total durcheinander.

Oh Mann, was hättet Ihr gesagt in so einer blöden Situation? Ich musste lügen, aber wie? Was hatten die Zwillinge Mama erzählt? Bestimmt haben sie was vom Auto gefaselt, dachte ich. Und von fremden Männern.

»Ich … äh … bin kurz in ein Auto gestiegen.«

»Kurz?« Mama zerrte mich in die Wohnung und schmiss die Tür zu. »Was für ein Auto?«

»Von so … Leuten.«

»Was für Leute?«

»Hab ich neulich kennengelernt.«

»Und du steigst einfach so in ihr Auto? Sag mal, hast du einen Knall? Wie oft habe ich dir schon gesagt, dass du niemals mit Fremden mitfahren sollst?«

»Die waren ja nicht fremd, nicht so richtig. Ich hatte sie schon öfter mal gesehen.«

»Öfter mal gesehen? Ich glaub, es hackt! Wie heißen sie? Wie alt sind sie?«

»Äh, weiß nicht.«

»Das gibt's doch nicht, Niklas. Offensichtlich sind sie viel, viel älter als du, denn sie können schließlich Auto fahren.«

Das lief jetzt gar nicht gut.

»Und als ob das alles nicht schon schlimm genug wäre, lässt du auch noch Laura und Leon allein. Das ist so was von unverantwortlich. Ich bin eben erst nach Hause gekommen und hab meinen Augen nicht getraut. Sie saßen auf einer Bank und spielten mit Bierflaschen! Ich wollte gerade die Polizei rufen, und jetzt kommst du einfach so hereinspaziert, als wäre nichts gewesen.«

»Gar nicht einfach so«, murmelte ich.

Mir war schon klar, dass das total blöd war, aber es war doch nicht meine Schuld. Und ich konnte Mama nicht die Wahrheit sagen, dann wäre unser Plan hinüber gewesen.

»Ich bin total von dir enttäuscht, Niklas, das kann ich dir sagen!«

In diesem Moment wurde die Wohnungstür aufgeschlossen. »Was ist denn hier los?«, brummte Kaminski. »Plenarsitzung im Flur?«

Auch der noch! Auf seine Sprüche konnte ich echt verzichten.

»Stubenarrest, Fernsehverbot, Computerverbot! Das ist los«, rief Mama wütend.

Ich stöhnte. Gleich drei Dinge auf einmal!

Sie rannte in die Küche. »Ich muss jetzt Abendbrot machen. Und du brauchst gar nicht so zu stöhnen, da kommst du noch gut weg. Sehr gut sogar!«

»Was ist denn passiert?«, fragte Kaminski. »Hat er mal wieder Mist gebaut?«

Wenn Mama ihm das mit Laura und Leon erzählt, rastet er aus, dachte ich. Die liebt er nämlich über alles.

In der Küche blieb es still.

»Hallo«, rief Kaminski und hängte seine Jacke an den Haken. »Jemand zu Hause? Was hat der Herr ausgefressen?«

Mama kam zurück, lehnte sich an den Türrahmen und verschränkte die Arme vor der Brust. »Ich habe auf der Straße Frau Meyer-Kowalke getroffen.«

»Och nö«, platzte es aus mir raus. Auch das noch.

»Niklas hat heute die Schule geschwänzt.«

Ich schluckte. So ein Mist, es wurde immer schlimmer.

»So wird nichts aus ihm«, sagte Kaminski, ohne mich anzusehen. »Was mich nicht gerade wundert.«

Mama schüttelte den Kopf. »Was denkst du dir nur, Niklas?«

»Der Knallkopp denkt nichts!« Kaminski verschwand im Wohnzimmer. Mir wurde heiß vor Wut.

Er stellte den Fernseher an und überschrie die Stimmen, die da rauskamen. »Kann er auch gar nicht, denn er hat nichts in der Birne.«

»Das musst du gerade sagen!«

»Niklas!« Mama kam auf mich zu und packte mich am Arm, aber ich riss mich los.

Alle waren so gemein, auch Mama.

»Wie kann man nur so blöd sein und die Schule schwänzen«, rief Kaminski.

Es reichte echt. »Wisst ihr eigentlich, warum ich das mache? Weil ich später auch einfach zum Amt gehen und mir Hartz IV abholen will, so wie ihr! Und danach trinke ich Bier, total viel, so wie ihr! Und hänge den ganzen Tag blöd ab und nerve rum!«

»Niklas, beruhige dich!«, rief Mama.

Kaminski stellte den Fernseher lauter.

Mir kamen die Tränen, voll peinlich. »Nein«, schrie ich. »Ich weiß selber, dass ich schlecht in der Schule bin, aber du bist auch nicht besser. Du gehst nicht arbeiten und kriegst deinen Hintern nicht hoch. Und ich muss mich immer um die Zwillinge kümmern. Ich hasse euch alle!«

Ich rannte in mein Zimmer, knallte die Tür zu und warf mich aufs Bett.

Dort vergrub ich meinen Kopf im Kissen und heulte.

Jetzt ist alles aus, dachte ich. Jetzt kann Mama mich nicht mehr leiden und schickt mich ins Heim.

Ich drehte mich um und schaute an die Decke. Die Spinne von heute Morgen war nicht mehr da.

Ich hätte nicht sagen dürfen, dass ich sie alle hasse. Das stimmte ja auch nicht, schon gar nicht Mama. Warum machte ich immer alles falsch?

Die Zimmertür ging auf und Kaminski stampfte rein.

Ich warf mich wieder auf den Bauch, damit er mein verheultes Gesicht nicht sehen konnte, und hörte, wie er auf meinem Schreibtisch herumkramte. Er baute den Computer ab, was er schon öfter gemacht hatte, nur um mich zu ärgern. Ich durfte mich von ihm nicht kleinkriegen lassen. Irgendwann würde ich ihm das alles heimzahlen!

»Bedeutet Stubenarrest eigentlich, dass ich nicht in die Schule muss?«, presste ich in mein Kissen.

»Haha, sehr witzig!« Kaminski stand auf und ging zur Tür. »Viel Spaß noch!«

Und dann war ich allein. Ich stellte mir vor, ich wäre ein fieser Gangster aus GTA und würde Kaminski mit einem Baseballschläger verdreschen. Nach einer Weile ging es mir besser. Ich putzte mir die Nase und schnappte mein Handy. *Hab Stubenarrest, hier ist total dicke Luft. Kann nicht mehr raus heute. Du musst allein überprüfen, ob das Geld noch da ist.*

*O. k.*, antwortete Felix eine Minute später.

Bestimmt hatte er totalen Schiss davor, allein in die Hasenheide zu gehen. Aber da musste er jetzt durch.

Weil ich mich nach dem Streit mit Mama nicht mehr im Flur sehen lassen wollte, putzte ich mir nicht die Zähne und pinkelte in die Blumenvase. Am schlimmsten aber war mein Hunger, ich hatte ewig nichts gegessen.

Spätabends kam Mama ins Zimmer und setzte sich auf mein Bett, aber ich tat so, als würde ich schlafen. Nach einer Weile ging sie wieder.

Ich knipste das kleine Licht an und aß die Stullen, die sie mir auf den Nachttisch gestellt hatte.

# TAG 5

*Kein Loch in der Erde, die Tasche ist also noch da. Gruß Felix.*

Erleichtert atmete ich aus und legte das Handy wieder auf den Nachttisch.

George war also o. k. Wir mussten jetzt nur aufpassen, dass er uns nicht über den Weg lief und nervte, ob wir schon bei der Polizei gewesen waren. Immerhin hatten wir ihm das versprochen. Und wenn er merkte, dass etwas nicht stimmte, würde er die Polizei vielleicht selbst anrufen. Das durfte auf gar keinen Fall passieren.

Mama kam in mein Zimmer. »Nun aber mal raus aus der Kiste. Dein Frühstück steht in der Küche auf dem Tisch.«

Sie wirkte gar nicht sauer wegen gestern. Das war verdächtig!

Irgendwas stimmte nicht.

Ich duschte schnell. Später in der Küche setzte Mama sich zu mir. Das tat sie morgens nie. Es wurde alles immer komischer.

Ich goss Milch über meine Cornflakes und stopfte mehrere Löffel in mich rein. Mama schaute mir beim Essen zu. Ich kaute schnell und schüttete mir noch mehr Cornflakes in die Schüssel.

»Wo sind eigentlich Laura und Leon?«, fragte ich mit vollem Mund.

»In ihrem Zimmer. Ich kümmere mich nachher um sie.«

»Ach so.«

Ich durfte sie also nicht mehr zum Kinderladen bringen. Mama vertraute mir nach der Aktion gestern nicht mehr. Kein Wunder.

»Das hat nichts mit dir zu tun, Niklas.«

Verlegen schaute ich zu Mama rüber. Unglaublich, sie lächelte!

»Weißt du, es ist zwar nicht schön, was du gestern alles so gesagt hast, aber in einer Sache hast du wohl recht.«

Ich legte den Löffel hin und starrte sie an.

»Ich sollte meinen Hintern hochkriegen.«

»Äh … das habe ich … nicht so gemeint«, stotterte ich.

Sie nahm den Löffel und drückte ihn mir wieder in die Hand.

»Mir ist das natürlich auch schon seit Längerem klar, aber, na ja, das Leben ist eben manchmal nicht leicht.« Sie seufzte.

Ich kaute weiter. Was sollte ich dazu sagen? Bestimmt würde sich gar nichts ändern, solange Kaminski hier Chef war. Der wollte doch gar nicht, dass Mama irgendwas anders machte.

»Jedenfalls hab ich mir schon vor Wochen ein paar Adressen aufgeschrieben, Läden und Supermärkte, wo ich arbeiten könnte. Und da gehe ich bald mal hin und stelle mich persönlich vor.«

»Hm«, murmelte ich. Ich konnte mir echt nicht vorstellen, dass sie einen Job fand, wenn sie einfach von Laden zu Laden rannte. Und außerdem wollte Mama schon oft alles anders machen und am Ende passierte gar nichts.

Aber das sagte ich nicht laut.

Schließlich hatte sie wieder gute Laune und war nicht mehr böse mit mir.

»Und woher weißt du die Adressen, von Google?«, fragte ich kauend.

»Nein, die hat das Amt mir geschickt. Die Leute da unterstützen mich dabei, eine Stelle zu finden.«

Ich zog die Augenbrauen hoch. »Echt? So was machen die?«

Mama schaute mich erstaunt an. »Natürlich, das ist doch ihre Aufgabe.«

Ich stand auf und stellte die leere Schüssel in die Spüle. »Ich dachte, dass man nur aufs Amt geht, um direkt Hartz IV abzuholen.«

Mama schüttelte den Kopf. »Nein, wer hat dir das denn erzählt?«

»Keine Ahnung. Ich muss jetzt zur Schule.«

Ich lief in den Flur und wühlte mich in die Schuhe. Irgendwie hab ich immer gedacht, dass das Amt einfach nur Geld verteilt. Man geht dorthin, die Sachbearbeiterin sitzt an einem Tisch und schiebt jedem, der vorbeiläuft, einen Schein rüber.

Plötzlich war Mama neben mir und umarmte mich, einfach so. Sie sagte nichts, fing zum Glück aber auch nicht an zu heulen, hielt mich einfach nur fest. Das macht sie sonst nie. Ich drückte mich von ihr weg. »Ich muss los.«

Sie lächelte und gab mir einen Kuss.

Ich hörte, wie Kaminski im Wohnzimmer herumkramte.

Es war gut, dass der in der Wohnung war. Dann würden die Bankräuber sich bestimmt nicht trauen, bei uns einzubrechen.

Als ich aus der Haustür trat, schaute ich mich vorsichtig um. George war nicht zu sehen und ich rannte los zur Schule.

Wir hatten Deutsch. Ich setzte mich neben Hatice, holte Federtasche und Schreibheft aus dem Ranzen und Frau Meyer-Kowalke gab mir ein Arbeitsblatt. Ihre schwarzen Haare waren ganz kurz.

»Sie war beim Friseur«, flüsterte Hatice. »Sieht gut aus!«

Zum Glück schnitt sich unsere Klassenlehrerin die Haare nicht selbst, so wie Mama.

»Bitte lies dir alles durch und kreuze die richtigen Antworten an«, sagte Frau Meyer-Kowalke. »Und später müssen wir miteinander reden, Niklas. Du weißt, warum.«

»Is' nicht schwer«, flüsterte Hatice neben mir. »Hab schon alles gemacht. Wenn du Frage hast, sag Bescheid. Wieso hast du geschwänzt?«

Ich zuckte mit den Schultern. Hatte echt keinen Bock, mit Hatice darüber zu reden, und las mir lieber die Aufgabe durch. Es ging um Redensarten.

Was bedeutet »Jemanden hinters Licht führen«?

a) Jemanden bestehlen.

b) Jemanden täuschen.

c) Jemandem Schatten spenden.

»Erhan hat mich hinter Licht geführt«, rief Bülent. »Er hat gesagt, ich krieg CD von Cro!«

»Alles, was ich brauch, ist meine Gang, meine Gang«, sang Erhan los.

»Ruhe«, rief Frau Meyer-Kowalke. »Aber es ist lobenswert, dass ihr offensichtlich die Antwort wisst.«

Antwort b. Felix und ich werden auch jemanden hinters Licht führen. Die Bankräuber!

»Wirf die Hände in die Luft, bang, bang«, rief Bülent.

Ich beugte mich über das Arbeitsblatt.

Was bedeutet »Das Weite suchen«?

a) Fernweh haben.

b) Flüchten.

c) Einen Fluchtweg suchen.

»Ich hab zwar keine Knarre, aber shoot, shoot, shoot, shoot!«

»Es reicht, Bülent«, sagte Frau Meyer-Kowalke. »Sing das Lied bitte nach dem Unterricht!«

Oh Mann, dachte ich. Hoffentlich müssen wir nicht das Weite suchen und uns in Waren an der Müritz in Oma Monikas Datsche verstecken.

»Cool, du weißt die Antworten.« Hatice lächelte.

Ich merkte, dass ich rot wurde. »Klar«, murmelte ich. »Bin doch nicht blöd.«

»Weiß ich«, flüsterte sie und stieß mich mit dem Ellenbogen an.

Eigentlich ein guter Moment, sie zu fragen, ob sie mit mir ins Kino gehen würde.

»Äh …«, stotterte ich.

»Ja?« Hatice schaute mich mit großen Augen an.

»Niklas?«, unterbrach mich Frau Meyer-Kowalke. »Welche Antwort ist richtig?«

»Ähm, b. Flüchten.«

»Sehr gut.«

»Was denn?«, flüsterte Hatice.

Jetzt hatte ich schon wieder den Mut verloren. »Ach nichts«, murmelte ich genervt.

Nach der Schule setzten Felix und ich uns in der Hasenheide auf eine Bank und feilten an unserem Plan. Felix hatte den Wetterbericht verfolgt, es sollte ordentlich Wind am Samstag geben, was für uns extrem wichtig war.

Weil ich Stubenarrest hatte, konnte ich nicht mit Felix draußen bleiben, sondern musste leider nach Hause.

Ich lungerte auf dem Bett rum und blätterte in einem Comic über Hägar den Schrecklichen. Der konnte mich aber auch nicht ablenken, ich war total aufgeregt.

Später beim Abendbrot aß ich ganz schnell meine Stulle. Bald würde es losgehen!

Mama war irgendwie total weggetreten. Bestimmt hat Kaminski ihr das mit dem Job mal wieder ausgeredet, dachte ich, das war immer so. Laura und Leon waren die Einzigen am Tisch, die fröhlich waren. Einmal schnitt Kaminski eine fiese Grimasse und sie lachten sich halb schlapp. Mich schaute er nicht mal an.

Wirst schon sehen, dachte ich, morgen bin ich ein Held und du bist immer noch ein Loser!

Als es dunkel wurde und Mama und Kaminski im Wohnzimmer abhingen, zog ich mir meine Jacke an und schlich über den Flur. Niemand durfte merken, dass ich so spät noch abhaute. Immerhin hatte ich Stubenarrest. Dieses Mal konnte ich nicht aus dem Fenster klettern, weil die Bankräuber bestimmt das Haus beobachteten und sich dann in die Wohnung schleichen konnten.

Die Wohnzimmertür war nur angelehnt.

»Du findest doch nie einen Job«, hörte ich Kaminski sagen.

»Vielleicht ja doch«, meinte Mama müde. Sie klang, als hätte sie geheult.

Ich zog mir die Schuhe an und nahm meinen Schlüssel vom Brett.

»Quatsch! Du bist viel zu lang raus. Und du hast drei Kinder, denk mal realistisch!«

Es würde sich mal wieder nichts ändern, dachte ich, als ich die Tür leise hinter mir zuzog. Ein Glück, dass wenigstens Felix und ich zusammenhielten.

Er wartete an der Ecke und hatte seinen schwarzen Kapuzenpulli an, der mit dem Wolf vorne drauf. Auch seine anderen Klamotten waren alle schwarz: die Schuhe, die Jeans und sogar das Basecap. Er war auf unseren nächtlichen Einsatz echt gut vorbereitet.

Wir liefen die Fontanestraße runter und vorbei am Café Istanbul, das hell an der Ecke leuchtete.

Am Columbiadamm stand plötzlich Frau Meyer-Kowalke vor uns.

»Also, das glaub ich jetzt nicht«, rief sie aus.

Ich war vor Schreck wie gelähmt.

»Wisst ihr, wie spät es ist?«

Ich räusperte mich. »Äh, ja, wir wollten gerade nach Hause –«

»Schwindle mich nicht an, Niklas«, unterbrach sie mich. »Und halte mich nicht für blöd! Ihr lauft in die falsche Richtung.«

»Stimmt«, sagte ich und schluckte.

»Wieso habe ich das Gefühl, dass ihr irgendwas im Schilde führt?«

Wir schwiegen beide. Da machte sie einen Schritt auf uns zu. »Kommt, ich bring euch jetzt zurück!«

So ein Mist! Das gefährdete unseren ganzen Plan.

Felix reagierte am schnellsten. »Bitte entschuldigen Sie, aber Sie brauchen sich nicht die Mühe zu machen, wir gehen allein nach Hause.«

Und er packte meinen Arm und zog mich weg. Aber Frau Meyer-Kowalke ließ nicht locker und lief uns nach.

An der Ecke Selchower Straße zischte Felix: »Treffpunkt Eingang Hasenheide, vorn am Columbiadamm«, und bog ab zu seinem Haus.

Jetzt musste sie sich entscheiden. Vorsichtig drehte ich mich um. Sie schaute zu Felix, der stur weiterrannte, und dann zu mir. Als sie meinen Blick bemerkte, kam sie auf mich zu.

Natürlich hätte ich meine Klassenlehrerin locker abhängen können, aber das nützte überhaupt nichts, wenn sie klingelte und Mama alles erzählte. Also musste ich mit ihr reden, ging langsamer und blieb vor meiner Haustür stehen.

Als sie ankam, schnaufte sie ein wenig.

»Bitte klingeln Sie nicht«, bat ich sie. »Ich geh ja sofort rein. Aber wenn wir jetzt Krach machen und die Zwillinge aufwecken, kriege ich Riesenärger mit Kaminski.«

Sie schaute mich an und seufzte, wahrscheinlich, weil sie Kaminski kannte. Der hatte sich schon mal bei einem Elternabend mit ihr angelegt.

»Niklas«, sagte sie schließlich. »Es ist um diese Uhrzeit viel zu gefährlich auf der Straße. Das weißt du doch.«

»Ja«, murmelte ich.

»Ich verstehe ja, dass ihr die Maientage spannend findet, aber da könnt ihr doch auch am Nachmittag hingehen.«

Puh, dachte ich. Sie hatte mir gerade eine super Ausrede geliefert!

»Ich fahr eben gern mit der wilden Maus«, sagte ich.

Sie legte ihre Hand auf meinen Arm. »Dann mach das morgen, o. k.?! Das Karrussell läuft nicht weg.«

Ich nickte, schloss die Haustür auf und verschwand im Flur. Dort knipste ich das Licht an, weil man von außen durch das morsche Holz sehen konnte, ob es an war oder nicht. Alles sollte so normal wie immer sein, weil Frau Meyer-Kowalke bestimmt noch eine Weile auf der Straße lauerte.

Ich wartete, irgendwann ging das Licht wieder aus.

Da vibrierte mein Handy. Eine Nachricht von Felix. *Wie lange brauchst du noch?*

*Bin in ungefähr zehn Minuten da,* antwortete ich.

*Ich warte im Busch,* schrieb er.

Na toll, dachte ich. Es gibt da viele Büsche, soll ich die etwa alle durchsuchen? Im Dunkeln?

Nach fünf Minuten traute ich mich endlich vor die Tür. Frau Meyer-Kowalke war nicht mehr zu sehen. Ich raste einen Umweg über die Weisestraße, weil ich auf gar keinen Fall denselben Weg wie vorhin nehmen wollte.

Am Eingang der Hasenheide war niemand, ich lief ein kleines Stück den Weg runter.

»Psst«, machte es aus einem Gebüsch.

»Felix?«, fragte ich ängstlich.

»Ja, Mann«, rief er.

Ich krabbelte zu ihm.

»Ausgerechnet heute«, flüsterte er. »Ich treffe Frau Meyer-Kowalke sonst nie, obwohl sie auch in der Selchower wohnt.«

Wir warteten eine Weile, um sicherzugehen, dass wir nicht verfolgt worden waren. Minuten vergingen, aber niemand kam, zumindest niemand Verdächtiges. Zwei Meter von uns entfernt pinkelte ein Besoffener an einen Baum und lallte.

»Hertha, Hertha, ei, ei, ei, ei, Schuss, Tor, Sieg und wir sind dabei!«

»Igitt«, flüsterte Felix. »Mitten auf dem Rummel stehen Toiletten, und der pisst uns fast an!«

Der Besoffene hörte auf zu lallen. »Wer is' da?«, schrie er. »Komm raus!«

Felix neben mir prustete los.

»Komm raus oder ich …«

Der Mann griff in den Busch, verlor das Gleichgewicht und plumpste auf seinen Hintern. Ich hielt die Luft an, weil ich so lachen musste.

»Nich' ma' pinkeln kann man in Ruhe«, murmelte er und rappelte sich wieder hoch. Schwankend lief er weiter und fing wieder an zu singen. »Hertha, Hertha, ei, ei, ei, ei …«

Wir warteten in der Dunkelheit und schlichen dann rüber in den Rosengarten.

Ein paar hundert Meter weiter wummerte Musik, Leute grölten. Allein in der Hasenheide waren wir nicht, aber das war auch gut so, wir hätten uns sonst echt in die Hosen gemacht.

Im Rosengarten setzten wir uns auf eine Bank und checkten noch mal die Lage.

»Merkst du was? Kein einziger Vogel singt«, flüsterte ich.

»Die pennen alle schon«, sagte Felix leise. »Oder ihnen ist die Musik zu laut.«

In der Ferne waren Schritte und Stimmen zu hören, aber sie kamen nicht näher.

Wir konnten anfangen.

Ich nahm die Schippe und begann zu buddeln. Felix leuchtete mir wieder mit seinem Handy. Komischerweise bekam ich einen Schreck, als ich auf die Tasche stieß, obwohl ich ja wusste, dass sie da war.

Ich öffnete die Klickverschlüsse. Wir brauchten ein paar echte Scheine, damit unser Plan funktionieren konnte.

»Ich nehme zweitausendeinhundert Euro extra mit, für Oma Hartmann«, flüsterte ich. »Damit sie ihre Katzen behalten kann.«

»Wieso? Sie kriegt das Geld doch bald von der Bank zurück, wenn wir es abgegeben haben.«

Ich schüttelte den Kopf. »Nee. Sicher ist sicher. Den Banken kann man nicht trauen, das habe ich neulich im Fernsehen gesehen.«

»O. k.«, flüsterte Felix.

Plötzlich zog er ein paar Scheine aus seiner Hose und legte sie in die Tasche. »Das ist das Geld von neulich. Ich will es nicht haben. Wir kriegen ja den Finderlohn, davon kann ich mir locker einen neuen Drachen kaufen.«

Felix war immer so korrekt. Ich schämte mich sofort, schließlich hatte ich von dem Geld schon was ausgegeben.

»Du kannst deins ja später vom Finderlohn abziehen«, sagte Felix leise.

Er hatte voll meine Gedanken gelesen.

Plötzlich hörten wir Stimmen und schmissen uns flach auf den Boden. Leute liefen am Rosengarten vorbei und redeten leise miteinander.

Ich konnte die feuchte Erde riechen.

Als die Stimmen verschwanden, standen wir wieder auf. Ich zählte das Geld für Oma Hartmann ab, danach vergruben wir die Tasche wieder und schlichen aus der Hasenheide.

Wir durchsuchten die offenen Hausflure, fischten alte Wochenzeitschriften aus den Mülleimern und steckten sie ein. Jetzt hatten wir alles, was wir brauchten.

Ich musste nur noch Felix in mein Zimmer schleusen. Leise gingen wir in den Hausflur. Vor unserer Wohnungstür horchte ich, alles war ruhig. Vorsichtig schloss ich die Tür auf und wir schlichen in mein Zimmer. Wir durften auf keinen Fall Mama oder Kaminski aufwecken.

Ich knipste meine Lampe an und breitete die Zeitungen auf dem Fußboden aus. Wir hockten uns hin. Felix packte seinen Gips aufs Papier, um es festzuhalten, während ich es in geldscheingroße Blätter schnitt. Als der Stapel groß genug war, legten wir oben und unten einen richtigen Geldschein drauf und wickelten Bindfaden herum, sodass es wie ein ganzer Packen Geld aussah. Genauso hatte ich es letztes Jahr in einem Thriller gesehen, im Freiluftkino Hasenheide. Der war erst ab sechzehn, aber ich hatte mich ein paar Stunden vorher reingeschlichen und hinter den Mülltonnen versteckt.

Unser erstes Päckchen war fertig.

Ich schaute auf die Uhr. Es hatte ewig gedauert, in dem Tempo würden wir es niemals schaffen.

»Wir sind viel zu langsam«, sagte ich.

»Vor allem kann ich nicht helfen mit dem doofen Gips«, murmelte Felix. »Und das Zeitungspapier ist viel zu dünn, da schnippeln wir ewig.«

Ich schaute ihn an. »Du hast mich gerade auf eine voll gute Idee gebracht!«

Ich lief zum Schrank und schaute dahinter. An der Wand lehnte ein zusammengefalteter Umzugskarton. Ich zog ihn hervor und musste husten, weil es so doll staubte.

»Damit wird es schneller gehen!« Ich legte den Karton auf den Boden, nahm die Schere und fing an zu schneiden, aber weil die Pappe so dick war, kam ich gar nicht voran.

»Für so was ist ein Teppichschneider echt super«, sagte Felix leise.

»Alles klar«, flüsterte ich. »Kaminski hat so was.«

Ich sprang auf, öffnete die Zimmertür und lauschte. Nichts war zu hören. Ich schlich zur Kammer im Flur und griff nach Kaminskis Werkzeugkoffer. Er war total schwer, ich musste echt aufpassen, dass ich beim Tragen vor Anstrengung nicht laut schnaufte.

Im Zimmer öffneten wir den Koffer. Es war alles Mögliche drin: Schraubenzieher, Dübel, Nägel, eine kleine Säge, Klebeband, ein Feuerzeug mit einer nackten Frau drauf. Und zum Glück auch ein Teppichschneider.

Ich griff danach und drückte die Klinge in die Pappe.

»Nicht so doll«, sagte Felix. »Sonst zerkratzt du die Dielen.«

Vorsichtig ritzte ich einen langen Streifen raus und zerschnitt ihn in kleine Teile, die viel dicker als Zeitungspapier waren. Total schnell hatten wir einen Stapel fertig, dann den zweiten und den dritten. Felix hielt den Karton fest, so gut er es mit dem Gips konnte.

Als wir genug Pappe hatten, schauten wir uns das Ergebnis an. Richtig toll war es nicht geworden.

»Wir müssen den Rand zerkratzen, damit man die großen Teile aus Pappe nicht gleich sieht«, flüsterte Felix und fischte eine Bürste aus dem Werkzeugkoffer. Mit dem Ding kratzt man normalerweise den Rost von Fahrrädern weg, sie hat ziemlich harte Borsten.

Felix rieb damit auf den Kanten rum. Das sah irgendwie schon echter aus, aber sie war noch viel zu hell.

»Warte mal.« Ich lief zum Schreibtisch, holte die Patrone aus meinem Füller und tropfte Tinte auf die Bürste. Felix fing wieder an zu rubbeln und jetzt wurden die Ränder dunkler.

Ich legte oben und unten echte Geldscheine auf die Pappteile und wickelte Bindfaden rum.

Am Ende schauten wir unser Werk an.

»Sieht voll echt aus«, meinte Felix und gähnte laut. »Zumindest auf den ersten Blick.«

»Das reicht auch für unseren Plan«, flüsterte ich. Mit den falschen Geldpäckchen wollten wir die Bankräuber ablenken, bis die Polizei kam.

»Ich muss jetzt nach Hause«, sagte Felix. »Meine Mutter kommt gleich von der Spätschicht.«

»Schon klar. Du musst aber das Geld für Oma Hartmann mitnehmen.«

Ich steckte die zweitausendeinhundert Euro in einen Briefumschlag und schrieb *Oma Hartmann* drauf. Ich schob einen Zettel dazu. *Ihre Ersparnisse. Bitte erzählen sie das niemandem.*

»Sie wird groß geschrieben«, meinte Felix.

»Egal, Mann! Wir haben echt andere Probleme!«

Ich gab ihm den Umschlag. »Steck den unauffällig durch ihren Türschlitz.«

»Hoffentlich kriegt sie keinen Anfall vor Schreck«, murmelte Felix. Umständlich kletterte er aufs Fensterbrett und sprang raus in die Nacht.

Ich legte die Päckchen in meinen Rucksack, zog den Reißverschluss zu und versteckte ihn unter meinem Bett.

# TAG 6

Ich schlief bis neun und war total aufgeregt, weil alle zu Hause waren und ich nicht unauffällig abhauen konnte.

Nach dem Mittagessen fing Mama an, hektisch in der Bude rumzulaufen. Sie packte Handtücher, Badehosen und Schwimmreifen in die große Sporttasche.

»Was ist los?«, fragte ich, als sie im Flur an mir vorbeilief.

»Wir gehen ins Spreewaldbad.« Sie warf eine Schwimmbrille in die Tasche.

Ich senkte den Kopf und starrte auf die Dielen. Ich tat aber nur so, als wäre ich traurig. Eigentlich war ich froh, dass an dem Tag niemand zu Hause war und mich beobachtete.

»Das hast du dir selbst zuzuschreiben.«

Ich nickte stumm.

»Gib mir mal deinen Wohnungsschlüssel.«

Überrascht schaute ich hoch.

Mama hielt einen grünen Badelatschen in der linken Hand. »Ich will nicht, dass du heimlich draußen herumläufst. Bei dir weiß man ja nie.«

Ich blies genervt die Luft raus.

»Her mit dem Schlüssel!«

Ich zog ihn aus der Hosentasche und warf ihn Mama zu. Sie fing ihn mit der freien Hand auf.

»Und wann kommt ihr so zurück?«

Sie hockte sich hin und zog den Reißverschluss der Tasche zu. »Bestimmt nicht vor fünf. Laura und Leon müssen sich mal richtig austoben.«

Super, dachte ich, ich hab freie Bahn!

Ich ging in mein Zimmer. Noch eine Weile war auf dem Flur lautes Gepolter zu hören, dann waren sie alle endlich weg.

Ich lief ins Schlafzimmer von Mama und Kaminski, öffnete die Schublade der Kommode und nahm eine Holzdose raus. Darin lag der Ersatzschlüssel für die Wohnung.

Ich zog Jacke und Schuhe an, zerrte den Rucksack unterm Bett hervor und warf ihn mir auf den Rücken. Ich steckte die Kamera vom Cowboy ein, schnappte mir mein Skateboard und lief aus der Wohnung.

Auf der Straße waren viele Leute, die meisten hatten auch Skateboards dabei und wollten zum Flugfeld. Ich rollte Richtung Selchower Straße. Die Galerie und die Mietschuldnerberatung hatten zu, nur im Frauencafé war irgendwas los.

Einige Frauen standen davor rum und guckten sauer, weil ich ihnen fast über die Füße fuhr.

Vor den »Spree-Hebammen« sprang ich vom Skateboard und klingelte bei Felix.

»Ja bitte?«, knatterte es aus der Sprechanlage.

»Ich bin es!«

»Wer ich?«, fragte Felix.

»Oh Mann, wer wohl! Der Weihnachtsmann!«

Es summte und ich stieß die Tür auf. Im Hausflur kam mir Oma Hartmann mit ihrem Rollator entgegen. »Junge, Junge, es geschehen Wunder. Wunder! Wie ist so was nur möglich?«

Ihre blauen Augen leuchteten sogar im Dunkeln. Sie tatschte auf meinem Kopf rum, ich drehte mich schnell weg.

»Ich geh jetzt einkaufen«, rief sie mir nach.

Das war gut. Dieser Teil des Plans hatte schon mal funktioniert.

Flugs lief ich die vier Stockwerke hoch. Felix machte auf, bevor ich klingeln konnte.

»Schnell!« Er winkte mich rein und spähte in den Hausflur, ob mir jemand gefolgt war.

Dann schloss er die Tür und drehte den Schlüssel zweimal um.

»Mann, übertreib doch nicht so«, rief ich. »Du tust ja so, als wäre die Mafia hinter uns her.«

»Man kann nie wissen«, murmelte Felix und marschierte in die Küche.

Ich lief ihm nach. »Oma Hartmann hat das Geld gefunden.«

»Ich weiß«, sagte Felix. »Sie singt schon den ganzen Morgen ›So ein Tag, so wunderschön wie heute‹.«

Ich setzte mich an den Küchentisch, auf dem zwei Gläser standen. Felix holte eine Flasche Cola aus dem Kühlschrank und gab sie mir, damit ich sie aufschraubte. Er konnte das mit dem Gipsarm nicht.

»Gleich geht es los«, sagte Felix ernst, während ich die Gläser vollgoss. »Mir ist ein bisschen schlecht.«

»Das kommt von der Aufregung.«

Ich nahm ein Glas und trank es in einem Zug aus. Dann holte ich mein Handy raus und schickte eine Nachricht an Murat.

*Wir sind in einer halben Stunde da.*

Felix stellte sein halb volles Glas auf den Tisch. »Also dann!«

Wir nahmen unsere Skateboards und liefen die Treppe runter. Auf der Straße dachte ich blöderweise nicht daran, erst mal zu schauen, ob wir freie Bahn hatten und niemand in der Nähe war, der mich kannte. Der erste Fehler!

Als ich schon mitten auf dem Bürgersteig stand, sah ich Mama. Sie lief mit Laura und Leon die Fontanestraße runter. Hatte das Spreewaldbad etwa zu?

Und ausgerechnet in dem Moment schaute sie zu mir.

Ich sprang an die Hauswand, um mich zu verstecken, aber es war zu spät. Mama war stehen geblieben und starrte in meine Richtung.

Felix zerrte an meiner Jacke. »Komm«, rief er. »Wir müssen weiter!«

»Niklas«, schrie Mama. »Komm her! Aber sofort!«

»Mach schon«, rief Felix. »Den Ärger kriegst du sowieso. Wir müssen los!«

Er hatte recht. Es war total egal, wann ich mir meine

Abreibung abholte. Wir mussten unsere Mission beenden, das war das Wichtigste.

Ich sprang auf mein Skateboard, ohne mich umzudrehen.

»Niklas«, rief Mama noch mal. »Das hat Konsequenzen, und wie!«

Ich tat so, als würde ich sie nicht hören.

»Manno«, schimpfte Felix, während er neben mir herrollte. »Da hat man mal was Cooles vor, und schon nerven die Erwachsenen.«

Das musste er gerade sagen!

Seine Mutter war total in Ordnung, sie arbeitete viel, war nie zu Hause und machte keinen Stress. Er hatte es richtig gut.

Es war echt schlimm, dass ich Mama jetzt schon wieder enttäuscht hatte. Kein Wunder, dass sie sauer auf mich war. Nur noch diese eine Aktion, schwor ich mir, als wir in die Lichtenrader Straße einbogen. Danach mache ich keinen Mist mehr.

Ich hab echt keinen Bock mehr zu lügen.

Auf dem Bürgersteig kam uns der Mann mit dem Papagei auf der Schulter entgegen.

»Platz da«, schrie ich. Doch der Mann blieb einfach stehen und glotzte blöde, ich musste ihm ausweichen und stieß dabei mit dem Ellenbogen an eine Frau, die aus einem Mülleimer Pfandflaschen fischte. Ich sprang vom Skateboard, um nicht hinzufallen, es rollte vor mir weiter den Bürgersteig runter.

Der Papagei kreischte: »Zurückbleiben, bitte!«

Ich hörte, wie hinter mir eine Flasche auf dem Boden zerschellte.

»Ey«, brüllte die Frau. »Die musst du bezahlen! Ich arbeite hier doch nicht zum Spaß!«

Ich hüpfte wieder auf mein Skateboard und machte, dass ich wegkam. Noch ein paar Meter, und dann überquerten wir die Straße. Wir nahmen unsere Skateboards in die Hände und trugen sie über das Kopfsteinpflaster zur anderen Seite.

Am Spätkauf an der Ecke stand George, trank aus einer Flasche Bier und starrte uns verwundert an.

»Fahr vorbei«, rief ich Felix zu.

Wir stoppten nicht eine Sekunde. »Hi George«, schrie ich. »Wir müssen weiter! Bis bald!«

»Poliez«, schrie er uns nach. Klar, er wollte wissen, ob wir unser Versprechen gehalten hatten.

Erst auf dem Flugfeld hielt ich an, weil ich keine Puste mehr hatte. Auch Felix war außer Atem. Uns kam ein extremer Wind entgegen, der super war für unseren Plan.

Mein Handy klingelte, ich kramte es aus der Tasche. Mama! Ich ging nicht ran, schrieb aber schnell eine Nachricht.

*Du wirst bald wieder stolz auf mich sein!*

Ich stellte das Handy leise, weil ich wusste, dass sie jetzt dauernd anrufen würde. Mama wird so richtig sauer sein, dachte ich. Aber ich musste mich auf unseren Plan konzentrieren.

Felix und ich fuhren über die breite Rollbahn Richtung Biergarten, der ungefähr einen halben Kilometer entfernt auf der rechten Seite war. Leute kamen uns auf Fahrrädern entgegen, es war viel los auf dem Flugfeld.

Schon von Weitem sah ich die Gang. Murat, Tarkan, Justin, Erkan und Mehmed. Wie verabredet fuhren sie in der Nähe der roten Infobox mit Mountainboards herum, ihre Drachen waren prall gefüllt mit Wind. Justin hatte sogar ein richtiges Surfbrett, mit dem man an Land fahren konnte. Das gehörte seinem großen Bruder.

Wir hetzten am Biergarten vorbei und nach etwa hundert Metern hielt ich an.

»Bis dann«, rief ich.

»Bis dann«, antwortete Felix und rollte schnell weiter zu Murats Gang. Wir hatten verabredet, dass wir uns auf dem Feld trennten. Ich wollte Ausschau nach den Bankräubern halten und Felix sollte Murats Gang in unseren Plan einweihen.

Die Bankräuber waren noch nicht zu sehen. Ich stellte den Rucksack auf die Rollbahn und schaute mich um.

Rechts der Biergarten, links die rote Infobox. Mit der Klasse sind wir mal drin gewesen, man kann da Fotos vom Flughafen anschauen.

Außer Murats Gang waren noch ein paar Kinder mit Inlineskates, drei türkische Frauen, ein Mann mit Gitarre und zwei Omis mit einem schwarzen Pudel da. Und auf dem Rasen hinter mir lagen Leute in Unterwäsche und sonnten sich.

Ich setzte mich hin und wartete. Die Sonne schien mir auf den Kopf, der Wind wehte durch meine Haare. Hoffentlich kommen die Bankräuber überhaupt, dachte ich.

Murat fuhr mit seiner Gang umher und schien bereit zu sein. Sie hatten auf Felix gehört. Erleichtert atmete ich aus. Noch vor ein paar Tagen hätten wir das nie geschafft.

Plötzlich bemerkte ich rechts von mir zwei Männer, die vom Biergarten aus in meine Richtung liefen. Sie hatten dunkle Klamotten an und trugen Sonnenbrillen.

Waren sie das?

Ich stand auf.

Die Männer blieben stehen, rührten sich nicht mehr. Ahnten sie etwa was? Auf dem Flugfeld war alles ganz normal, Polizei war keine zu sehen, nur hundert Meter weiter ein paar harmlose Kinder mit Skateboards. Dass Murats Gang gar nicht so harmlos war, wussten die Bankräuber ja nicht!

Sie starrten zu mir rüber.

Vielleicht reagieren sie auf ein Zeichen, dachte ich und winkte.

Nichts geschah.

Ich riss den Rucksack hoch und schwenkte ihn hin und her. Auf einmal liefen beide weiter, kamen schnell näher. Da endlich erkannte ich sie. Es waren der Dicke und der Glatzenmann! Ich machte mir fast in die Hosen vor Schiss.

Wo war der blonde Cowboy?

Der Glatzenmann schob die Sonnenbrille hoch und ich

sah das blaue Auge, das er sich beim Boxkampf mit George eingefangen hatte. Beim Laufen sagte er etwas zum Dicken.

Jetzt waren sie gar nicht mehr weit weg. Ich dachte, ein Sicherheitsabstand könne nicht schaden, hob die Hand und brüllte: »Stop!«

Sie blieben sofort stehen, schauten erst mich und dann den Rucksack an.

Mit dem Fuß schob ich den in ihre Richtung. »Ich bringe euch wie vereinbart das Geld zurück«, rief ich ihnen zu.

Ich schubste den Rucksack noch ein Stück über den Asphalt und lief dann auf den Rasen als Zeichen, dass die Rollbahn und der Rucksack jetzt ihnen gehörten.

Der Dicke bewegte sich zuerst. Er lief zum Rucksack und ging in die Hocke. Vorsichtig und ganz langsam zog er den Reißverschluss auf. Genauso viel Schiss hatte ich neulich auch gehabt, als die Tasche auf meinem Bett lag und ich sie das erste Mal geöffnet hatte.

Der Dicke wühlte im Rucksack und nahm ein Päckchen raus, der Glatzenmann starrte ihm ungeduldig auf die Hände.

Niemand achtete in diesem Moment auf mich. Ich drehte mich nach links und hob den Daumen nach oben, das verabredete Zeichen für Felix.

Sofort fuhr die Gang in meine Richtung, angetrieben vom Wind, der ihre Drachen spannte. Felix war nur mit seinem Skateboard bewaffnet und musste ordentlich trampeln.

Ich schaute wieder rüber zu den Bankräubern. Der Dicke drehte das Päckchen in seiner Hand, legte es weg und nahm das nächste. Ich hielt die Luft an. Gleich würde der Schwindel auffliegen!

Ruckartig riss er den Kopf hoch, sprang auf und brüllte: »Fälschung!«

Er wollte auf mich zulaufen, auch der Glatzenmann setzte sich in Bewegung, aber in diesem Augenblick waren Felix, Murat und die Gang da! Sie umkreisten mit ihren Boards die beiden Bankräuber und zogen ihre Bahn so eng, dass sie nicht herauskonnten. Der Dicke und der Glatzenmann waren in der Mitte gefangen und schauten sich erschrocken an.

»Alarm!« Felix' helle Stimme klang über das Feld.

»Was soll das?«, schrie der Dicke und der Glatzenmann drehte sich mit der Bewegung der Drachen im Kreis.

Die wussten beide echt nicht, was los war!

Der Dicke versuchte auszubrechen, aber Murat sprang ihm mit seinem Skateboard voll auf die Füße!

»Ahh«, brüllte der Dicke und krachte mit dem Hintern auf den Asphalt.

Murat ließ sich vom Drachen hochheben und richtete sich in der Luft neu aus. Das Mountainboard hatte er fest an seine Füße geschnallt. Er setzte wieder auf den Boden auf und fuhr weiter um die Bankräuber herum, als wäre nichts gewesen. Was für eine coole Aktion! Murat war ein echter Profi!

Der Dicke blieb auf der Rollbahn sitzen und hielt seinen Fuß fest, während der Glatzenmann um ihn herumhüpfte und eine Lücke suchte. Aber die gab es einfach nicht! Überall waren Drachen und Boards und die Gang.

Jetzt musste ich die nächste Etappe unseres Plans einleiten. Ich fummelte das Handy aus meiner Jacke, um die Polizei zu rufen.

Gerade als ich die erste Eins des Notrufs eingetippt hatte, hörte ich eine Stimme.

Oh nein! Ich drehte mich um.

Mama! Sie kam auf ihrem Fahrrad über das Feld gehetzt und war ordentlich wütend, das erkannte ich daran, wie sie in die Pedale trat. Ihre blonden Haare wehten im Wind.

»Niklas«, rief sie.

»Mama!«, schrie die gesamte Gang.

Ich stöhnte auf. Wie peinlich!

Auf keinen Fall durfte ich mich von Mama aufhalten lassen. Also tippte ich blitzschnell die zweite Eins ein.

Plötzlich jaulte jemand auf. Ich schaute vom Handy hoch und sah, wie der Glatzenmann über Mehmed drüberstieg. Er hatte ihn einfach umgerissen und rannte auf mich zu. Bevor ich überhaupt was machen konnte, war er schon bei mir und schmiss mich um. Ich knallte voll auf den Rücken.

Der Glatzenmann presste sein Knie auf meine Brust und schlug mir mit voller Wucht aufs Ohr. Es rauschte in meinem Kopf. Hektisch tastete ich auf dem Rasen nach dem Handy, das mir aus der Hand geflogen war, bevor ich die letzte Nummer des Notrufs 110 hatte wählen können.

Unser Plan war völlig außer Kontrolle!

»Wo ist das Geld?«, hörte ich den Glatzenmann in der

Ferne brüllen, weil es in meinen Ohren so laut schepperte. »Wo ist es?«

Plötzlich verzerrte sich sein Gesicht und er ließ mich so schnell wieder los, wie er mich gepackt hatte. Ich krabbelte schnell ein Stück zurück.

George! Wo kam der denn schon wieder her? Er schimpfte auf Englisch, während er den Glatzenmann von mir wegschleppte und ihm die Ohren umdrehte. Der Gangster brüllte und ging vor Schmerzen in die Knie.

Ich hörte Sirenen, die näher kamen. Polizei! Mein Handy lag noch immer auf dem Rasen. Ich schnappte es mir, auf dem Display stand nur 11, mehr nicht. Wieso wusste die Polizei Bescheid?

Schnell rappelte ich mich hoch.

George kämpfte mit dem Glatzenmann und die Gang fuhr um den Dicken rum, wurde aber langsamer. Murat schaute zu mir rüber und zeigte auf sein Ohr. »Hörst du das?« Er meinte die Sirenen.

Ich zog die Schultern hoch und breitete die Arme aus, so als wäre auch ich total überrascht. Und das war ich ja auch! Ich hatte keine Ahnung, wo die Polizei auf einmal herkam.

Ein Polizeiwagen fuhr mit Blaulicht über die Zufahrt vom Columbiadamm auf das Flugfeld. Ich dachte schon, dass wir es geschafft hätten, da schlug der Glatzenmann seinen Ellenbogen voll in Georges Bauch. Er schrie auf, krümmte sich und ließ dabei die Ohren vom Glatzenmann los. Der drehte sich blitzschnell um und zog ein Messer aus der Tasche. Direkt vor George schnappte es auf.

»Oh nein!« Ich nahm Anlauf, sprang dem Glatzenmann auf den Rücken und klammerte mich an seiner Jacke fest. Im Augenwinkel sah ich Mama auf uns zukommen, sie radelte so schnell wie noch nie.

Unter mir verlor der Glatzenmann das Gleichgewicht und stieß gegen George, der ein paar Schritte zurücktaumelte. Der Glatzenmann wackelte zwar, aber er fiel nicht um, sondern schüttelte sich, um mich loszuwerden. So ähnlich muss Rodeo sein, dachte ich, nur eben mit einem Pferd und nicht mit einem Gangster. Ich krallte mich an ihm fest.

Plötzlich holte der Glatzenmann mit dem Arm aus, in seiner Hand war noch immer das Messer. Ehrlich, Leute, das war ziemlich gefährlich! Das Messer kam näher und näher und ich hüpfte schnell wieder von ihm runter. In dem Moment krachte Mama gegen den Glatzenmann. Sie war vom Rad abgesprungen und trat ihm wütend in die … äh … das darf ich nicht sagen. Ihr wisst schon.

Der Glatzenmann sackte in sich zusammen, das Messer fiel ihm aus der Hand.

Endlich hielt der Polizeiwagen neben uns, drei Polizisten sprangen raus, Wachtmeister Klose war auch dabei. Er griff sich das Messer, die beiden anderen packten den Glatzenmann und legten ihm Handschellen an. Sie führten ihn ab und schoben ihn in den Polizeiwagen. Bevor er verschwand, starrte er mich so böse an, dass mir richtig schlecht wurde.

Mama hustete neben mir und wollte etwas sagen, aber sie bekam wegen der Raserei auf dem Rad kaum Luft.

Ein weiterer Wagen hielt neben Murat und der Gang, die inzwischen nicht mehr auf dem Rollfeld kreisten, sondern zu mir herüberschauten. Nur der dicke Gangster saß noch immer auf seinem Hintern und versuchte nicht mal wegzulaufen.

Murat hatte seinen Fuß auf den Rucksack mit dem Geld gestellt.

Mama schaute mich voll streng an. Und ich hatte ein ziemlich schlechtes Gewissen.

»Tut mir leid«, murmelte ich.

»Leid?«, wiederholte sie.

»Ich musste abhauen, um die Bankräuber zu fangen!«

»Bankräuber?«

Kennt Ihr das? Immer wenn man was macht, das Erwachsene nicht gut finden, wiederholen sie alles, was man sagt, so als wären sie taub oder blöd. Das nervt voll.

Also sagte ich lieber nichts mehr und wartete, dass Mama endlich anfing zu schimpfen.

Machte sie aber nicht. Sie atmete noch immer doll und strich sich hektisch über ihr zerknautschtes Shirt.

»Was bitte ist hier los?« Wachtmeister Klose kam auf uns zugestampft und sah zu mir runter. »Wir kennen uns, du bist der Junge mit der Maske. Nach Fasching sieht das hier allerdings nicht mehr aus! Hat der dich tatsächlich mit dem Messer bedroht?«

Ich nickte ernst. »Aber nicht direkt mich. Eigentlich wollte er George fertigmachen. Ich habe mich dazwischengeworfen.«

»Dazwischengeworfen?« Mama schüttelte den Kopf und blickte über das Flugfeld.

»Mister Watson?« Wachtmeister Klose winkte George, der einige Meter entfernt stand und anscheinend nicht wusste, was er machen sollte. Er lief sofort zu uns und hielt dem Wachtmeister sein Handy hin.

»Was soll das?«, rief der ziemlich verwirrt aus.

»Sie müssen reinsprechen«, sagte ich. »Oder Englisch reden, wenn Sie das können.«

»Nicht so vorlaut!« Mama runzelte die Stirn.

»Sie haben den Notruf wegen der mutmaßlichen Bankräubern abgesetzt?«, brüllte Wachtmeister Klose ins Handy.

George las auf dem Handy mit und nickte.

Er hatte also die Polizei gerufen. Cool! George hatte uns mal wieder gerettet. Ansonsten hätten die Bankräuber uns fertiggemacht, vielleicht sogar getötet!

Ich schaute rüber zur Gang. Zwei Polizisten standen beim dicken Bankräuber und redeten auf ihn ein. Murat wühlte im Rucksack, ein Polizist legte ihm sofort die Hand auf die Schulter.

Das gibt Stress, dachte ich. Ich musste Murat helfen, also riss ich mich von Mama los und lief rüber zur Gang.

»He«, brüllte mir Wachtmeister Klose nach.

»Ich hab nichts gemacht«, hörte ich Murat rufen.

Atemlos blieb ich neben ihm stehen, Wachtmeister Klose war auch sofort da, mit Mama im Schlepptau.

Ich drehte mich zu ihnen um. »Murat gehört zu uns! Er hat geholfen, die Bankräuber zu überlisten!«

»Das soll ich glauben«, brummte Wachtmeister Klose. »Ich kenne dich, Sportsfreund! Du lässt bei Karstadt gern mal ein Parfüm mitgehen, nicht wahr?«

Murat umklammerte den Henkel des Rucksacks und blies wütend die Backen auf.

»Aber es stimmt!«, rief ich. Ich musste Murat einfach in Schutz nehmen, die Polizei glaubte ihm nicht mehr, dafür hatte er schon zu viel Mist im Kiez gebaut.

»Dann mal her damit, aber dalli, dalli«, schrie Wachtmeister Klose. Widerwillig gab Murat ihm den Rucksack.

Wachtmeister Klose kramte darin rum und betrachtete die Geldpäckchen. »Absolut dilettantisch! Da waren ja echte Profis am Werk.«

Plötzlich stand Felix neben mir und schaute gespannt von einem zum anderen. »Hast du schon unser Beweismittel übergeben?«, fragte er laut.

Alle schauten mich verwundert an, als ich die Kamera aus meiner Jackentasche zog. »Der Dicke und der mit der Glatze sind die Bankräuber vom Hermannplatz«, sagte ich mit extra tiefer Stimme. »Das haben Felix und ich ganz allein herausgefunden. Und hier ist der Beweis!«

Und ich hielt Wachtmeister Klose die Kamera hin.

»Wie bitte?«, rief Mama.

Wachtmeister Klose blinzelte irritiert, nahm die Kamera und stopfte sie in den Rucksack.

»Der Cowboy hat sie verloren«, erklärte ich. »Der gehört auch zu den Bankräubern, aber er ist gerade nicht hier.«

»Er wohnt bei uns am Herrfurthplatz«, sagte Felix.

»Aha«, brummte Wachtmeister Klose und reichte den Rucksack weiter an einen Kollegen. »Ein paar Scheine sehen echt aus. Fragt sich nur, wo der Rest ist.« Er schaute uns streng an. »Das hättet ihr nicht tun dürfen, das ist euch doch hoffentlich klar, oder?«

»Aber wir wollten doch nur helfen«, rief Felix.

»Das spielt keine Rolle«, polterte Wachtmeister Klose los. »Was ihr gemacht habt, ist gefährlich! Und ihr seid doch wohl alt genug, um das zu wissen! Außerdem habt ihr unsere Ermittlungen behindert und nicht die Wahrheit gesagt!«

»Das ging doch nicht«, sagte ich. »Dann hätte unser Plan nicht funktioniert.«

Wachtmeister Klose verschränkte die Arme vor der Brust, schaute von Felix zu mir und wieder zu Felix. Ein paar Sekunden war Ruhe. »Also, mir fehlen echt die Worte«, sagte er schließlich. »Was denn für ein Plan? Wenn ihr einen hattet, dann war der doch für die Tonne!«

Felix streckte sich. »Nein, war er nicht! Wir haben nämlich noch etwas für Sie. Da werden Sie staunen!«

Wachtmeister Kloses Augen funkelten böse. »Hört sofort auf mit dem Theater! Wenn ihr was wisst, dann sagt es jetzt. Sofort!«

Ich schaute Felix an und er mich.

Das war unser Heldenmoment!

»Raus damit«, rief Wachtmeister Klose. »Wir haben nicht ewig Zeit.«

Murat beobachtete mich. Er war die ganze Zeit ruhig geblieben, bestimmt weil er Respekt vor der Polizei hatte. Was ich jetzt sagen wollte, würde ihm gar nicht gefallen. Aber es musste sein!

»Wir wissen, wo das Geld ist. Das Geld vom Bankraub.«

Wachtmeister Klose schüttelte ungläubig den Kopf. »Und das soll ich euch glauben?«

»Es stimmt wirklich!« Felix nickte heftig.

Murat sprang auf mich zu und schubste mich. »Was machst du?«

»Du bleibst mal ganz ruhig, Freundchen!« Wachtmeister Klose legte ihm die Hand auf die Schulter, Murat schüttelte sie wütend ab.

»Woher wisst ihr das?« Wachtmeister Klose guckte mich vorwurfsvoll an. »Und wieso hast du uns neulich nichts davon gesagt, als wir bei euch zu Hause waren?«

»Wir haben es gefunden«, sagte ich. »Und einfach behalten, weil wir den Bankräubern eine Falle stellen wollten.«

Mama packte meinen Arm und schüttelte ihn. Sie öffnete den Mund, aber es kamen keine Worte heraus. Sie sah traurig aus, obwohl es doch der Augenblick war, in dem ich ein Held wurde!

Ich schaute über das Flugfeld.

Irgendwie hatte ich mir die Situation ganz anders vorgestellt. In Filmen oder beim Computerspielen kommt in so einem Heldenmoment meistens coole Musik und alle finden einen toll, aber davon merkte ich echt überhaupt nichts.

»Und wo ist es?«, fragte Wachtmeister Klose streng. »Das Geld?«

Zwei Polizisten zerrten den Dicken von der Rollbahn hoch und schoben ihn an uns vorbei.

Unsicher sah ich Murat an. Seine Augen durchstachen mich.

Aber es musste sein. »In der Hasenheide, im Rosengarten«, rief ich aus. »Wir können Sie hinführen.«

»Du bist tot«, murmelte Murat.

Das war echt Mist, aber trotzdem tat es gut, endlich mal die Wahrheit zu sagen.

Irgendwas war plötzlich komisch.

Als der Dicke an Felix vorbeigeführt wurde, schaute mich Felix total erschrocken an. Er war ganz starr und bekam den Mund nicht mehr zu.

Ich hatte keine Ahnung, was los war, und konnte mich auch nicht darum kümmern, weil Mama ihre Stimme wiedergefunden hatte.

»Sofort führst du uns zum Geld, damit diese Geschichte ein Ende hat!«

Ich sah, wie Felix sich sein Skateboard schnappte und George ein Zeichen gab. George schnappte sich Mamas Rad vom Rasen und beide rasten Richtung Columbiadamm.

»Was ist denn los?«, brüllte ich ihnen nach, aber sie drehten sich nicht um.

»Der hat gerade mein Rad geklaut«, rief Mama. »Das gibt es doch wohl nicht!«

Wachtmeister Klose war schon auf dem Weg zum Polizeiwagen.

Schnell hob ich mein Skateboard hoch und rannte ihm nach. »Kann ich bei Ihnen mitfahren?«

Ich musste unbedingt Felix und George einholen.

»Ich bestehe darauf«, brummte der Wachtmeister.

Ich schmiss mich in den Wagen. Noch ein Polizist stieg vorn ein, Mama setzte sich zu mir auf die Rückbank. Und dann quetschte sich auch noch Murat von der anderen Seite dazu. Mein Skateboard drückte mir an die Knie, weil es so eng war.

Wir fuhren vom Flugfeld auf den Columbiadamm, in einem richtigen Polizeiwagen!

»So was. Klaut einfach mein Rad«, murmelte Mama neben mir. Sie brauchte das Rad, U-Bahn fahren war nämlich echt teuer.

Da hatte ich eine coole Idee. »Herr Wachtmeister Klose, können Sie bitte die Sirenen anmachen, damit wir schneller sind und Mama ihr Rad zurückkriegt?«

»Niklas«, flüsterte sie. »So wichtig ist das nun auch wieder nicht.«

Wachtmeister Klose und sein Kollege lachten. »Nee! Wenn wir wegen jedem geklauten Rad so einen Radau machen würden, wäre es in dieser Stadt niemals mehr still.«

Ich lehnte mich zurück.

Gleich war es so weit! Wir würden das Geld übergeben und beweisen, dass wir die Wahrheit sagten. Und alle würden Felix und mich endlich akzeptieren. Klar, unsere Aktion, das Geld einfach zu behalten, war ganz schön riskant und auch nicht korrekt gewesen.

Noch mal mache ich so was lieber nicht, dachte ich und schaute während der Fahrt aus dem Fenster raus. Felix und George konnte ich nirgendwo sehen.

Murat flüsterte mir ins Ohr: »Das ist Teil von deinem Plan, oder?«

Ich atmete tief ein. Am besten sage ich es gleich, dachte ich. Hier im Polizeiwagen würde er mich bestimmt nicht verprügeln. Außerdem war ja Mama dabei.

»Nein«, flüsterte ich. »Wir geben das Geld zurück. Ansonsten kommen wir in den Knast.«

Murat presste sich an mich. »Ich mach dich alle!«

»Was redet ihr da?«, fragte Mama. »Ab sofort gibt es keine Geheimnisse mehr!«

»Du kriegst deinen Finderlohn«, flüsterte ich. »Für das iPhone 5.«

»Ruhe!« Mama schaute uns streng an.

Wir bogen nach links ab in die Fontanestraße.

Murat fluchte neben mir, und Mama fummelte nervös an ihrem Shirt rum.

»Mit dir macht man ganz schön was mit. Erst rückt die Feuerwehr an wegen der blöden Mülltonnen und jetzt muss ich auch noch die Polizei rufen.«

»Du hast auch die Polizei alarmiert, so wie George?«

Sie schaute mir in die Augen und nickte müde.

Kein Wunder, dass die Polizei so schnell gekommen war.

»Woher wusstest du denn, dass ich auf dem Flugfeld war?«, fragte ich sie.

»Dreimal darfst du raten!«

Ich hatte echt keine Ahnung, was sie meinte.

»Nachdem du mich vorhin auf der Straße stehen gelassen hast, bin ich nach Hause gehetzt und hab dein Zimmer durchsucht. Inklusive Papierkorb!«

Natürlich! Weil Felix unbedingt der Streber sein und ich die Nachricht an die Bankräuber noch mal ausdrucken musste, war Mama uns auf die Spur gekommen. Auf dem Zettel stand schließlich genau, wo und wann wir uns mit den Gangstern verabredet hatten.

Mama hatte die erste Fassung gefunden, wo ein f in »Treffpunkt« gefehlt hatte. Krass! Bei so einer Aktion musste man echt an alles denken!

Wir bogen ab in die Hasenheide. Das erste Mal in meinem Leben fuhr ich im Auto durch den Park. Das ist normalerweise verboten, nur die Polizei und die Leute, die Bäume fällen und Laub sammeln, dürfen das.

Ich schaute den Dealern nach, die sich vor uns versteckten, weil sie dachten, wir würden sie jagen. Langsam hob ich meine Hand, hielt sie wie eine Pistole und tat so, als würde ich im Vorbeifahren auf die Dealer schießen. »Shoot, shoot, shoot, shoot«, sang ich den Text aus dem Song von Cro.

Murat machte mit. »Ich hasse Dealer voll. Die verkaufen Drogen an Kinder! Shoot, shoot, shoot, shoot!«

Wachtmeister Klose drehte sich genervt zu uns um.

Mama drückte meine Hand runter. »So was macht man nicht.«

Wir stiegen direkt vor der Hasenschänke aus dem Wagen. Ein paar Leute saßen an den Tischen, tranken Bier und starrten zu uns rüber.

»Also?«, rief Wachtmeister Klose.

»Hier lang!«

Ich klemmte mir das Skateboard unter den Arm, öffnete die weiße Tür zum Rosengarten und lief zu unserer Bank. Wachtmeister Klose, sein Kollege, Mama und Murat folgten mir.

Schon von Weitem sah ich die ausgebuddelte Erde und lief noch schneller. Als ich vor unserem Busch stand, wurden meine Beine wie Gummi.

Keine Tasche! Das Loch war leer!

Murat war als Erster neben mir.

»Ich … ich … Es muss hier sein!«

Ich ließ das Skateboard fallen, ging in die Hocke und durchwühlte die Erde. Es war sinnlos. Die Tasche war nicht da!

»Ein leeres Loch, aha«, brummte Wachtmeister Klose.

Ich sprang auf. »Nein, nein, es war hier! Wirklich!«

Wer hatte das Geld geklaut? Ich schaute mich im Rosengarten um. Was war passiert?

»Willst du mich verarschen, Alter«, sagte Murat leise. »Du hast voll verkackt.«

Plötzlich hörte ich das Knattern eines Motorrollers.

Der Cowboy! Hatte er das Geld ausgegraben? Aber er wusste doch gar nicht, wo es versteckt war.

Langsam fuhr er am Rosengarten vorbei und starrte uns an.

Ich zeigte mit dem Finger auf ihn. »Da ist er! Der Cowboy! Er ist der dritte Bankräuber!«

Als der Cowboy die Polizei sah, gab er Gas und raste vorbei.

»Lenk jetzt mal nicht ab«, sagte Wachtmeister Klose barsch. »Was hast du mit dem Geld gemacht?«

»Cowboy, was?« Murat klatschte mir seine Hand auf den Arm.

»Hier wird nicht geschlagen!«

Wachtmeister Klose packte Murat an der Schulter und schob ihn beiseite.

Ich merkte, wie mir die Tränen kamen. Ich griff Mamas Arm. »Mama, bitte glaub mir! Das Geld war hier! Wir haben es erst versteckt, weil wir nicht wussten, was wir machen sollten, und dann haben wir uns überlegt, mit dem Geld die Bankräuber anzulocken und sie so zu fangen. Wir wollten heute alles zurückgeben.«

»Jetzt reicht es aber, hör auf zu lügen!«, rief Wachtmeister Klose.

Verzweifelt schüttelte ich Mamas Arm. »Ich lüge nicht! Dieses Mal nicht.«

»Du hast es woanders versteckt«, sagte Murat leise. »Du willst es behalten.«

Er wirkte total ruhig, bestimmt überlegte er schon, wie er mich fertigmachen konnte. Ich bekam Angst und heulte los, obwohl ich das echt nicht wollte. Aber niemand hielt mehr zu mir, sogar Felix war verschwunden.

Mama beugte sich zu mir runter. »Niklas?«

Ich schniefte. »Jemand hat es geklaut! Es war hier, ehrlich.«

»Ist ja gut«, sagte sie leise. »Du sagst also die Wahrheit?«

»Ja! Das habe ich mir heute doch fest vorgenommen. Ich will dich nicht mehr anlügen. Und außerdem sollst du stolz auf mich sein, weil ich die Bankräuber überlistet habe.«

Mama gab mir einen schnellen Kuss auf die Wange. »Ich bin auch so stolz auf dich, am liebsten ohne Bankräuber.«

Sie richtete sich wieder auf. »Das ganze Theater reicht jetzt«, sagte sie. »Niklas hatte heute genug Aufregung und deshalb gehen wir jetzt nach Hause.«

Wachtmeister Klose starrte sie verwundert an. »So einfach ist das allerdings nicht«, meinte er.

»Doch, ist es. Wenn mein Junge sagt, dass das Geld hier war, dann stimmt das auch!«

Hammer, dachte ich. Mama war voll auf meiner Seite. Mein Herz hüpfte vor Freude!

»Das klingt aber nicht besonders glaubwürdig«, murmelte Wachtmeister Klose.

»Wieso denn nicht? Sie haben mit Niklas' Hilfe zwei Verdächtige verhaftet. Damit wird doch wohl deutlich, dass er der Polizei geholfen hat. Verhören Sie die beiden doch einfach mal!«

Ich war total platt. So hatte ich Mama noch nie erlebt. Und was echt schräg war: Ausgerechnet in dem Moment fühlte ich mich wie ein Held, obwohl das Geld verschwunden war und eigentlich alles schieflief.

»Und ich bleib dabei«, rief Murat. »Ich will Anteil.«

»Du läufst wohl nicht ganz rund«, schrie Wachtmeister Klose. »Es handelt sich hier um Diebesgut! Niemand bekommt irgendeinen Anteil.«

Plötzlich hörte ich einen Pfiff.

Da war George, hinter einem Baum. Und neben ihm Felix! Er winkte und drehte den Daumen nach oben.

Was bedeutete das denn? Ich riss mich von Mama los und lief aus dem Rosengarten. George versteckte sich zwischen den Büschen. Bestimmt hatte er Angst vor den Polizisten.

»He, Sie! Wo ist mein Fahrrad?«, rief Mama hinter mir.

Da kam Felix aus dem Gestrüpp hervor. In seiner gipslosen Hand hatte er die Tasche.

»Da ist es«, schrie ich. »Das Geld! Ich habe es doch gesagt!«

Alle liefen mir nach und umzingelten Felix.

Wachtmeister Klose öffnete die Tasche und starrte auf die vielen Scheine.

Er nahm ein paar in die Hand und hielt sie ins Licht. »Sieht echt aus!«

»Voll fett Kohle«, rief Murat.

Erleichtert atmete ich aus und schaute zu Mama. Sie lächelte und stellte mir mein Skateboard vor die Füße. Sie hatte es aus dem Rosengarten mitgenommen.

Felix verschwand kurz im Busch und kam mit Mamas Fahrrad zurück. Umständlich schob er es mit einem Arm durch die Zweige, auf dem Gepäckträger klemmte sein Skateboard.

Mama nahm ihm das Rad ab.

»Entschuldigung, dass George es mitgenommen hat«, meinte Felix. »Aber es ging nicht anders.«

»Was hast du Knirps eigentlich mit der Sache zu tun?«, rief Wachtmeister Klose. »Und was ist mit deinem Arm passiert?«

Felix antwortete brav, wie in der Schule. »Ich hab das Geld zusammen mit George vor dem Cowboy gerettet. Der hätte es sonst ausgegraben und wäre damit verschwunden.«

»Machen hier eigentlich alle, was sie wollen?«, schimpfte Wachtmeister Klose laut.

Ich beachtete ihn gar nicht. »Der Cowboy fuhr gerade an uns vorbei«, sagte ich zu Felix. »Woher wusstest du denn, dass er kommen würde?«

Felix öffnete den Mund, aber Wachtmeister Klose unterbrach ihn. »Ich will hier nichts mehr von Cowboys hören.« Er winkte seinem Kollegen zu. »Lehmann, zurück aufs Revier!«

Und er lief mit der Tasche zum Polizeiwagen. Bevor er einstieg, drehte er sich noch mal um. »Paar Fragen haben wir später natürlich noch«, brüllte er mir zu.

Und er fuhr mit dem Geld davon.

Da klingelte Mamas Handy. Sie zog es aus der Hosentasche und presste es ans Ohr. »Was? Oh nein«, rief sie und schaute uns an. »Ich muss nach Hause, Leon hat Fieber. Kommt ihr allein klar?«

Wir nickten.

»Du bringst Niklas nachher nach Hause«, befahl Mama Felix. »Nicht, dass er wieder Blödsinn macht!«

Sie schmiss das Handy in die Handtasche, kramte ihre Geldbörse raus und zog einen Fünfeuroschein hervor. »Aber davor geht ihr ein Eis essen!«

»Danke, Mama!«

»Danke schön«, sagte auch Felix brav.

Ich nahm schnell sein Skateboard vom Rad und Mama raste davon.

Jetzt waren Felix, Murat und ich allein.

»Ich verstehe das alles nicht«, platzte ich raus. »Woher wusste der Cowboy, wo das Geld war? Und woher wusstest du, dass er es wusste?«

Felix grinste stolz.

»Nun sag schon!«

»O. k. Auf dem Flugfeld wurde doch der Dicke verhaftet, genau in dem Moment, als du verkündet hast, wo das Geld ist.«

»Das weiß ich doch!«

»Und als er an mir vorbeigeführt wurde, hörte ich ein Geräusch. Den Motorroller vom Cowboy.«

»Aber der war doch gar nicht auf dem Flugfeld.«

»Nee, war er auch nicht. Das Geräusch kam aus der Jacke vom Dicken!«

»Wie?«, rief Murat. »Aus Jacke?«

Ich runzelte die Stirn.

Felix packte meine Schulter. »Mensch, kapierst du nicht? Das Knattern kam aus seinem Handy! Er hatte es die ganze Zeit an und eine Verbindung zum Cowboy war geschaltet. Und der hatte alles mitgehört.«

»Das glaub ich ja nicht«, sagte ich.

»Und deshalb ist der Dicke auch nicht weggerannt. Er wollte die Stellung halten und dem Cowboy Informationen übermitteln. Und fast wäre ihm das auch gelungen und der Cowboy hätte sich das Geld gekrallt. George und ich mussten uns vor ihm mit der Tasche im Gebüsch verstecken.«

Wahnsinn!

Das wäre alles beinah total schiefgegangen, wenn Felix nicht so gut aufgepasst hätte.

Ich knallte ihm meine Hand auf die Schulter. »Super, Alter!«

Er grinste stolz und streckte seine Brust raus.

Auch Murat nickte ihm anerkennend zu. »Kennst dich aus mit Technik und so?«

»Hm«, murmelte Felix eingeschüchtert.

»Weißt du, ob abhören auch mit iPhone geht?«

»Logisch.«

»Krass«, sagte Murat nachdenklich.

Gemeinsam schlurften wir an der Hasenschänke vorbei. Dort war es total voll, an fast allen Tischen saßen Leute. Manche lasen Zeitung, die meisten fummelten an ihren Handys rum. Plötzlich stand ein Typ mit langen Haaren und brauner Lederjacke auf und winkte uns zu. »He!«

»Kennt ihr den?«, rief Murat. »Was will der?«

Felix und ich schauten uns verwundert an. »Keine Ahnung.«

Der Typ kam auf uns zu. »Wartet doch mal. Wollt ihr vielleicht 'ne Cola?«

»Wieso?«, fragte Murat aggressiv.

»Ich bin Journalist. Ihr habt doch das Geld der Bankräuber gefunden, richtig?«

»Bist du von Zeitung?«, rief Murat. »Willst du Interview?«

Er nickte. »Setzt euch doch, ich hole was zu trinken.«

Murat knallte sich auf einen der Plastikstühle.

Felix und ich setzten uns dazu und der Journalist lief zum Ausschank, um was zu bestellen.

Felix starrte ihm nach. »Der hat voll graue Haare.«

»Stimmt«, sagte ich. »Und die Lederjacke zieht er sich bestimmt extra an, weil er denkt, dass er dann jünger aussieht.«

Felix lachte gehässig. »Aber er ist voll alt.« Er klopfte mit dem Gips auf den Tisch und grinste mich an. »Alter! Bald sind wir berühmt!«

Der Journalist kam mit einem Tablett zurück, auf dem drei Cola und ein Bier standen. Er legte mehrere kleine Tüten Gummibärchen auf den Tisch. Felix verteilte sie, aber Murat schob seine Tüten zu uns rüber und verschränkte die Arme vor der Brust.

»Bin kein Baby«, sagte er.

»Wisst ihr«, fing der Journalist an, »wenn alles so stimmt, was man so munkeln hört, dann habt ihr echt was Tolles gemacht. Ihr habt Berlin einen Dienst erwiesen.«

Er trank einen großen Schluck Bier.

»Wie, Dienst?«, fragte ich.

»Ihr habt die fiese Rocco-Bande gestellt.«

Der Journalist stellte die Flasche auf den Tisch. »Das hat mir jedenfalls vor wenigen Minuten ein befreundeter Polizist gesteckt. Das sind ganz gemeine Gangster! Und ihr habt sie überführt.« Er rülpste leise. »Derzeit wird noch nach dem Komplizen gefahndet. Und nach dem Lieferwagen, mit dem sie geflüchtet sind.«

»Sind die von der Mafia oder so?«, fragte Felix ängstlich.

»Nein, die Rocco-Bande kommt aus Köpenick.«

»Köpenick«, rief Murat verächtlich.

»Ich heiße übrigens Rainer«, sagte der Journalist. »Mit ai.«

»Und wir sind Felix, Niklas und Murat«, sagte ich.

Der Journalist nickte. Er zog einen Schreibblock aus der Tasche und begann, Fragen zu stellen. Wir antworteten und aßen Gummibärchen, während er alles notierte.

Und da fiel es mir ein. Der Lieferwagen! Aufgeregt hippelte ich auf dem Stuhl umher. »Ich könnte Ihnen einen supergeheimen Tipp geben, aber Sie müssen erst versprechen, dass Sie nur ganz tolle Sachen über uns schreiben werden.«

Der Journalist lächelte unecht. »Naja, ich hatte eigentlich nicht vor, euch schlecht zu machen. Was ist das denn für ein Tipp?«

»Erst versprechen«, fuhr Murat ihn an.

»Ja doch, versprochen«, sagte der Journalist und blinzelte nervös mit den Augen. »Nur tolle Sachen berichten!«

Murat nickte. »Jetzt kannst du«, sagte er zu mir. Er tat mal wieder so, als wäre er der Chef.

»Also, ich weiß, woran man das Fluchtauto erkennt. Das können Sie dann Ihrem Kumpel von der Polizei verraten, sozusagen als Gegenleistung dafür, dass er Ihnen immer hilft.«

»Aha«, sagte der Journalist.

»Und woran erkennt man es?«, fragte Felix erstaunt.

»Am Kennzeichen«, murmelte Murat.

»Und am Hello-Kitty-Sticker«, rief ich. »Er klebt an der Seite.«

Murat stand der Mund offen. »Was?«

Felix lehnte sich ungläubig zurück. »Hello Kitty? An einem Gangsterauto?«

Ich nickte stolz. »Meine kleine Schwester hat den da draufgeklebt.«

Der Journalist wackelte mit dem Kopf und schaute mich anerkennend an. »Ich muss schon sagen, super Familie!«

»Hello Kitty«, rief Murat höhnisch und stand auf. »Muss los, hab voll zu tun!«

»Wartet mal kurz!« Der Journalist kramte einen Fotoapparat heraus. »Rückt mal zusammen.«

Felix und ich sprangen auf und stellten uns neben Murat.

»Freundlich lächeln!«

»Alter, ich lächle nie«, brummte Murat.

Felix prustete los.

Ich sah, wie Murats Mundwinkel zuckten. Er wollte auf gar keinen Fall lachen, aber Felix hörte nicht mehr auf zu kichern, und da konnte sogar Murat nicht mehr cool bleiben. Am Ende grinsten wir alle.

»Super Foto«, rief der Journalist. »Sehr gelungen!«

Murat klopfte mir auf die Schulter. »Wir sehen uns. Ich schick dir Anfrage!«

Ich starrte ihn an. »Was? Echt?«

»Und sag Bescheid, wenn Finderlohn kommt, wegen Anteil und so.« Murat ging breitbeinig davon.

Ich ließ mich zurück in den Stuhl fallen. »Hammer«, murmelte ich.

»Voll krass«, hauchte Felix.

Der Journalist schaute uns verwundert an. »Was ist denn los?«

Felix beugte sich vor und schaute an uns vorbei. Er redete mehr mit sich selbst als mit uns. »Jeder, also wirklich jeder im Kiez wartet auf eine Facebook-Anfrage von Murat. Nur Auserwählte kriegen die!«

»Und?«, fragte der Journalist gelangweilt.

Er kapierte es nicht. Aber er wusste ja auch nicht, wie es bei uns in Neukölln so lief. Bestimmt wohnte er in Zehlendorf oder so.

Felix sprang auf. »Komm. Wir müssen los.«

»Danke euch«, rief der Journalist uns nach.

Mit Mamas Fünfeuroschein in der Tasche liefen wir zu »Mos Eisladen« am Herrfurthplatz. An der Ecke stand George, als hätte er auf uns gewartet.

Ich schämte mich ein wenig, schließlich hatten wir ihn voll angeflunkert, obwohl er auf unserer Seite gewesen war.

»Wollen wir ihm eine Kugel spendieren?«, flüsterte mir Felix ins Ohr.

Das war eine tolle Idee.

»Hey, George«, rief Felix. »Ice cream?"

George lächelte und nickte.

Wir nahmen ihn mit in den Laden. Die haben da echt lustige Eissorten, die Felix und ich alle noch ausprobieren wollen.

»Ich nehm Soja Matcha vegan«, rief Felix. Den Witz machte er immer, und am Ende bestellte er dann Apfelkuchen.

»Einmal Gin, Zitrone und Rosmarin«, sagte ich aus Spaß.

Die Verkäuferin lachte und zwinkerte mir zu. »Da musst du leider noch ein paar Jahre warten. Da ist nämlich Alkohol drin.«

»O. k., dann Haselnuss, bitte.«

»Whisky and Schoko«, sagte George.

Ich bezahlte und zusammen schlurften wir raus auf den Platz, liefen zur Schillerpromenade und setzten uns auf eine Bank.

George legte sein Handy zwischen uns, damit wir uns unterhalten konnten.

»Wieso bist du weggelaufen?«, fragte Felix und schmierte sich Eis an die Nase, schnell wischte er es weg.

George zuckte mit den Schultern, schleckte an seinem Whiskyeis rum und schaute mich vorwurfsvoll an.

Auf die Art schmeckte es mir echt nicht. Klar, er war sauer mit mir. Ich hatte das Geld nicht wie versprochen sofort zur Polizei gebracht.

Ich sprach ins Handy. »Sorry, dass ich gelogen habe. Aber

am Ende haben wir gewonnen. Die Bankräuber wurden verhaftet.«

George schüttelte den Kopf und redete ins Handy. »Leis ar bäd!«

»Lügen sind schlecht«, las ich mit.

Er schaute mich streng an, als wäre er ein Lehrer oder so. »Stop it!« Und er sprach weiter. »Ich log zu viel und kann deshalb nicht nach Hause gehen«, stand auf dem Display.

Fragend schaute ich Felix an. »Was meint er denn?«

Georges Eis tropfte auf die Bank, als er weitersprach. »Wegen meiner Lügen ich habe verloren meinen Job und muss leben im Keller jetzt.«

»Er hat Probleme, weil er gelogen hat«, flüsterte Felix.

»Und wieso gehst du dann nicht zurück nach England?«, fragte ich.

George fing an zu heulen, wischte sich eine Träne weg und quasselte los. Wir konnten gar nicht so schnell mitlesen.

»Ich habe meine Familie, dass ich wirklich bin erfolgreich erzählt. Meine Schwester war so stolz auf mich. Ich kann nicht anrufen und sagen, dass ich gelogen.«

»Er schämt sich«, flüsterte mir Felix ins Ohr.

Das hatte ich inzwischen auch kapiert!

»Änd ei luk bäd!«, rief George und zog den Rotz hoch.

»Und ich schlecht aussehen«, lasen wir auf dem Display mit. »Meine Schwester würde mich nicht erkannt.«

Er heulte jetzt richtig und schniefte wie Leon, wenn dem die Nase lief.

»Oh Mann«, sagte ich. »So können wir ihn doch nicht auf der Bank sitzen lassen.«

»Meine Mutter ist nicht da«, flüsterte Felix. »Wir nehmen ihn mit zu mir. Wir könnten mit ihm zusammen Tee trinken oder so, zur Feier des Tages. Engländer trinken nämlich gern Tee, das hab ich im Fernsehen gesehen, und zwar immer um fünf Uhr nachmittags.«

Er schaute auf seine riesige Armbanduhr, die seinem Vater gehört hatte. »Das schaffen wir gerade noch!«

»Und er könnte bei dir mal baden.«

Felix rümpfte die Nase. »Stimmt!«

George roch nämlich nicht gut. Da konnte er aber nichts für. Er hatte immer dieselben Sachen an und im Keller gab es bestimmt keine Dusche, vielleicht nicht mal Wasser.

»Ich muss kurz meine Mutter fragen, ob es o. k. ist, dass ich noch mit zu dir gehe. Ich sollte nach dem Eisessen ja nach Hause kommen.«

Ich wählte ihre Nummer. Zum Glück hatte sie nichts dagegen.

«Hey George, let's go«, sagte Felix.

George stand auf und wir rollten auf den Skateboards neben ihm her, bis wir vor Felix' Haustür ankamen. Er schloss sie auf.

Vor Oma Hartmanns Wohnungstür lagen Katzenfutterdosen.

Die Holzstufen knarrten unter unseren Füßen, im Hausflur roch es nach Braten. George atmete tief ein und redete irgendwas, das ich nicht verstand.

Oben in Felix' Wohnung zog er seine alten Botten aus und rannte in die Küche. Er setzte sich an den Tisch und strich mit seinen schmutzigen Händen über die Wachsdeckchen, auf denen Gänseblümchen waren.

»Willst du Tee?«, fragte Felix ins Handy.

»Yes«, rief George.

Felix stellte den Wasserkocher an, holte Tassen aus dem Küchenschrank und stellte eine Teeschachtel auf den Tisch. George hielt das Päckchen hoch und nickte zufrieden.

*Black Tea* stand drauf.

»Du yu häv milk?«, fragte er.

»Yes!«

Ohne auf das Display schauen zu müssen, ging Felix zum Kühlschrank und holte Milch raus. Sein Englisch war echt besser als meins.

Als die dampfenden Teetassen vor uns standen, goss sich George Milch ein und trank sehr vornehm. Es sah irgendwie lustig aus.

George lächelte.

»Ich hab eine Idee«, flüsterte ich Felix ins Ohr.

»Was denn?«

»Wenn George erfolgreich nach Hause zurückkehren will, muss er unbedingt baden.«

»Er kehrt nach Hause zurück?«, fragte Felix überrascht.

George zog eine Augenbraue hoch und wartete auf die Übersetzung.

Ich griff nach dem Handy. »Heute war ein großer Tag. Ich finde, wir haben uns ein Bad verdient. Du gehst zuerst!«

George sprang auf und wollte sofort ins Bad rennen, aber ich hielt ihn kurz zurück. »Heißt deine Schwester wirklich Emma Watson?«

Er schaute aufs Display, schüttelte den Kopf. »Gemma.«

»Ach so, schade«, murmelte ich. »Und was macht sie so?«

»Sie arbeitet bei BBC.«

»Was ist denn BBC?«, aber George war schon auf dem Weg ins Bad. Felix hüpfte hinterher und ich hörte, wie Wasser in die Wanne lief. Nach einer Weile fing auch noch die Waschmaschine an zu rumpeln.

Felix kam zurück in die Küche, klappte seinen Laptop auf und stöpselte eine Maus an. »Eigentlich müsste man seine Klamotten wegschmeißen, die sind total kaputt. Mal sehen, was wir über BBC rauskriegen können.«

Ich rückte neben ihn. Felix tippte mit einem Finger BBC bei Google ein.

»Aha. Fernsehen. Britisches Fernsehen.«

»Und gib mal Gemma Watson und BBC zusammen ein«, befahl ich ihm aufgeregt.

Er schaute mich total genervt an. »Ich weiß selber, wie das geht.«

Es erschienen viele Links auf dem Bildschirm. »Die müssen wir alle durchsuchen.«

Das konnte dauern.

»Vielleicht können wir das abkürzen«, meinte Felix und klickte auf Bildersuche.

Wir betrachteten eine Frau mit langen braunen Haaren, eine mit schwarzen und eine mit kurzen blonden.

»Hier! Die sieht ihm ähnlich.« Ich zeigte auf die Frau mit den langen Haaren.

Felix klickte auf das Bild. »Die arbeitet nicht bei BBC, sondern bei einer Bank.«

Er öffnete ein anderes Bild. »Die hier! BBC London!«

»Sie macht das Wetter«, rief ich.

Die Frau hatte kurze blonde Haare. »Sie sieht ihm gar nicht ähnlich.«

»Wir schicken ihr trotzdem eine Mail«, beschloss Felix und klickte auf die E-Mail-Adresse.

»Mist«, rief ich. »Wir müssen ihr ja auf Englisch schreiben, sonst versteht sie uns nicht.«

»Ich weiß, wie wir das machen!«

Felix öffnete Google Translate und gab auf Deutsch einen Text ein.

»Hallo aus Berlin. Ist der Name Ihres Bruders George Watson? Wir kennen ihn.«

In dem Feld daneben stand: »Hello from Berlin! Is the name of your brother George Watson? We know him.«

Felix gab den englischen Text in die Mail ein und klickte auf Senden.

»Jetzt müssen wir warten.«

George plätscherte in der Wanne rum und sang ein Lied über einen Jungen, der Danny hieß. Es klang ziemlich traurig.

»Er hat sicher ewig nicht mehr gebadet«, sagte ich.

»Bestimmt nicht«, murmelte Felix. »Ich hab extra viel Schaum reingemacht.«

Wir hörten, wie George den Stöpsel zog. Einen Moment später ging ein elektrischer Rasierer an.

Wir starrten auf den Bildschirm. Nichts passierte.

George kam aus dem Bad. Er hatte Schlappen an den Füßen und sich ein Handtuch um die Hüfte gewickelt.

Vor Schreck saßen Felix und ich aufrecht am Tisch.

Sein Bart war ab.

Und der Kopf komplett rasiert.

»Alter …«, sagte Felix leise.

George sah nicht aus wie George, sondern völlig anders. Nicht mehr uralt, wie vierzig oder so, sondern jung. Wie zwanzig!

Und er hatte Ähnlichkeit mit … Felix hatte schon das Foto geöffnet. Mit der Gemma Watson, die wir gerade angemailt hatten.

George trank einen Schluck Tee, lächelte freundlich und lief zurück ins Bad.

In diesem Moment machte der Laptop *pling*. Wir guckten auf den Bildschirm.

Gemma hatte geantwortet!

Felix kopierte ihren Text mit der Maus und gab ihn bei Google Translate ein.

»Hallo! George ist mein Bruder. Wie ist er? Wir haben nichts mehr von ihm in langer Zeit gehört und sind sehr besorgt!«

»Hammer! Sie ist es«, rief ich. »Lass mich schreiben, ich kann schneller als du mit dem blöden Gips.«

Felix machte mir Platz.

»Er ist in Berlin und möchte zurück nach England.«

Ich tippte unsere Antwort bei Google Translate auf Deutsch ein, kopierte die englische Übersetzung in die Mail und klickte auf Senden.

Die Antwort kam schnell.

»Das ist eine gute Nachricht. Bitte sagen Sie ihm, er sofort kommen sollte.«

»Haha«, murmelte Felix.

»Er hat kein Geld für den Flug«, tippte ich ein.

»Ich glaube nicht«, schrieb Gemma zurück.

»Woher will sie das denn wissen?«, sagte ich laut.

»Doch! Er ist leider ganz arm«, schrieb ich zurück.

Ihre nächste Mail dauerte eine Weile. »Wer bist du?«

»Felix und Niklas. Freunde von ihm. Aus Berlin. Wir würden ihm gern helfen, aber wir haben nicht genug Geld.«

Wieder dauerte es. Sie wusste anscheinend nicht, was sie schreiben sollte.

»Kann ich mit ihm reden? Hat er ein Telefon? Sein alter Zahl scheint nicht mehr zu funktionieren.«

»Zahl?«, fragte ich Felix.

»Sie meint bestimmt die Telefonnummer«, murmelte er.

Wir atmeten beide aus und schauten uns an. Was sollten wir tun? George schämte sich doch so.

»Er will bestimmt nicht mit ihr reden«, meinte Felix. »Und sie glaubt uns dann nicht, denkt, wir wären Spinner aus dem Internet oder so.«

Ich hatte echt keinen Bock mehr, mir immer irgendwas Blödes auszudenken.

»Wir sagen einfach die Wahrheit, das ist das Beste«, beschloss ich.

Felix nickte und ich tippte wie ein Wilder.

»George hat voll Angst davor, Sie anzurufen, weil er Sie angelogen hat. Er ist überhaupt nicht erfolgreich. Er wohnt in einem Keller, hat keine ordentlichen Klamotten mehr und stinkt ziemlich. Aber gleich nicht mehr, er badet gerade.«

Wieder tat sich eine Weile nichts, aber dann kam endlich ihre Antwort. »Sorry, aber das klingt wirklich seltsam. Ich muss wissen, ob Sie Wahrheit sagen. Es gibt so viele Betrüger im Netz.«

»Du hattest recht«, rief ich. »Sie glaubt uns nicht!«

»O. k. Was sollen wir tun?«, schrieb ich in der nächsten Mail.

»Frag George über die Namen der ersten Katze, die wir hatten in Newcastle.«

»Oh Mann«, murmelte Felix. »Ich versteh die Frage nicht, du?«

Ich schüttelte den Kopf. »Nee, nicht so richtig.«

»Entschuldigung, aber was genau sollen wir fragen?«, schrieb ich zurück.

»Ihr sollt fragen, was war der Name der Katze.«

»Ach so«, antwortete ich. »Wir melden uns gleich wieder.«

Genau in diesem Moment kam George zurück. Er hatte noch immer das Handtuch um und setzte sich an den Tisch.

Ich drehte den Laptop von George weg, damit er nicht sehen konnte, was wir gerade machten.

Felix goss ihm heißen Tee nach. »Wir spielen gerade ein Spiel«, sagte er ins Handy.

George schaute uns aufmerksam an.

»Wie hieß dein erstes Haustier?«, fragte ich Felix und hielt George das Handy hin, damit er die Frage verstand.

»Pipi«, antwortete Felix. »Es war ein Wellensittich. A bürd.«

Ich musste lachen. Pipi! Das stimmte überhaupt nicht, Felix veralberte uns, aber George merkte es nicht. Er trank einen Schluck Tee.

»Meins war ein Hamster«, sagte ich. »Er hieß Willi.«

»Jimmy«, rief George. »A dog!«

»Und hattest du auch mal eine Katze?«, fragte Felix neugierig.

George nickte.

»Und wie hieß die?«

»Wallace!«

»Wie eine der Filmfiguren aus Knete, Wallace and Gromit«, flüsterte Felix.

Die kannte ich auch.

»Und war das deine erste Katze?«, fragte ich.

George runzelte die Stirn. »Yes.«

»Und wohnte die in Newcastle, so wie du?«

»Yes.«

Ich tippte nur ein Wort in die nächste Mail. »Wallace.«

Es dauerte fünf Minuten, bis die Antwort kam. »Ich werde ihm ein Ticket zu buchen. Bitte bringen Sie ihn zum Flughafen. Ich werde mit Ihnen in Verbindung wieder später, Gemma.«

Wir atmeten erleichtert aus und lehnten uns zurück.

»Jetzt müssen wir ihm nur noch neue Klamotten geben, so kann er nicht fliegen«, flüsterte ich.

Felix stand auf. »Komm mal mit«, sagte er zu George und lief zum Schlafzimmer. George stand auf und trottete ihm nach.

Als sie dort herumräumten, kam die nächste Mail an.

»Morgen Nachmittag um fünf Uhr Berlin-Schönefeld. Flug CP 2308 nach London, beim Check-in um vier. Das Ticket ist am Schalter hinterlegt. George muss seinen Pass zeigen.«

Mist! Ob George seinen Pass noch hatte?

Plötzlich kam Felix aus dem Schlafzimmer. »Überraschung«, rief er.

Hammer, dachte ich.

George war ein komplett anderer Mensch geworden! Er trug einen grauen Anzug, einen blauen Schlips und hatte einen hellbraunen Sonnenhut auf seiner frischen Glatze.

»Der Anzug gehörte mal meinem Papa.«

Felix' Augen waren voller Tränen. Sein Papa war tot und der Anzug hatte lange im Schrank gehangen. Und jetzt hatte George ihn an.

Der merkte, dass was nicht stimmte, und klopfte Felix beruhigend auf die Schulter. Dann setzte er sich wieder an den Tisch und trank seinen Tee weiter.

»Der Flug ist gebucht, wir müssen ihn morgen nur zum Flughafen fahren«, flüsterte ich Felix zu. »Und wir brauchen noch seinen Pass! Wo er den wohl hat?«

Felix grinste.

»Was denn?«, fragte ich.

»Der liegt im Regal, im Bad! Er war in seiner ollen Hose.«

Hammer! Wir hatten echt eine Glückssträhne, alles lief glatt. Jetzt musste George bloß noch freiwillig mit uns zum Flughafen kommen.

Ein letztes Mal flunkern, dachte ich. Dieses Mal ging es echt nicht anders.

Ich nahm das Handy. »Hey, George, morgen treffen wir uns wieder hier und machen einen Ausflug, o. k.?«

»Wer tuu?«, fragte er.

»Nach Grünau, an einen See!«

»Yes!« Er lächelte. »Nau ei häv tuu go!«

Er trank seinen Tee aus und stand auf.

Und ich musste nach Hause.

Als ich dort ankam, merkte ich, wie müde ich war. Kein Wunder, nach dem irren Tag!

Mama war in der Küche, Laura und Leon waren in ihrem Zimmer. Ich setzte mich an den Computer und suchte im Internet nach der besten Verbindung zum Flughafen Schönefeld.

Da krachte die Wohnungstür ins Schloss. Kaminski!

Gleich darauf hörte ich laute Stimmen. Ich öffnete meine Tür und horchte. Mama und Kaminski waren in der Küche.

Ich schlich über den Flur und schaute durch den Türspalt. Mama saß am Tisch, Kaminski rannte um sie rum.

»Kapierst du es nicht?« Er zeigte auf ein Blatt Papier, das auf dem Tisch lag.

»Und?«

»Was und? Hier! Euro! Du wirst nicht viel verdienen! Manchmal glaube ich echt, ich bin nur von Idioten umgeben!«

Der einzige Idiot bist du, dachte ich.

»Ich möchte aber wieder arbeiten«, entgegnete Mama.

Kaminski griff sich das Blatt und wedelte damit herum. »Schau dir gefälligst die Zahlen an! Wenn du arbeiten gehst, haben wir am Monatsende keinen Euro mehr als jetzt. Das habe ich schon ganz oft ausgerechnet. Wir kriegen dasselbe vom Amt.«

Mama schwieg und starrte auf den Tisch. Er schüchterte sie mal wieder ein.

»Also bleibt alles so, wie es ist!«

Mama schaute vom Tisch auf. »Wie wäre es, wenn du auch mal arbeiten gehen würdest?«

Kaminski starrte sie an. »Wie bitte?«

»Wenn wir beide verdienen, würde alles ganz anders aussehen. Aber leider bist du ganz schön …«

Kaminski baute sich vor ihr auf. »Was denn?«

Mama räusperte sich. »Faul.«

Vor Schreck stand mein Mund offen.

»Das ist doch … wohl … eine Frechheit«, brüllte Kaminski. »Ich … suche doch Arbeit!«

»Wo denn, auf dem Sofa?«

Ich presste mir die Hand auf den Mund.

Kaminski lief krass rot an. Und platzte vor Wut. »Wie kannst du es wagen! Du blöde Schlampe!«

Er zerknüllte das Blatt und stützte die Fäuste in die Hüften. »So redest du nicht mit mir!«

Mama stand auf. »Du auch nicht!«

Kaminski knallte die Faust auf den Tisch. »Dann hau ich eben ab! Dann lass ich dich mit Leon und Laura allein!«

»Vergiss Niklas nicht.«

»Ach, der Rotzlöffel kann mir doch gestohlen bleiben!«

Mama streckte sich. »Pack deine Sachen und verschwinde! Sofort!«

Super, schrie ich innerlich. Ich lief in die Küche, obwohl ich Schiss vor Kaminski hatte. Aber Mama war ja da. Als sie mich sah, streckte sie mir ihre Arme entgegen und drückte mich fest an sich.

»Ihr könnt mich alle mal! Und du bist schuld«, schrie mich Kaminski an und rannte aus der Küche.

Mama ließ sich auf den Stuhl fallen, ich setzte mich neben sie. Im Schlafzimmer polterte Kaminski herum.

Sie begann zu weinen und ich legte meine Hand auf ihre. Sie schaute mich an und wischte sich die Tränen weg. »Du bist natürlich nicht schuld, das weißt du doch? An gar nichts!«

Ich schluckte und nickte.

Kaminski kam zurück in die Küche. Er hatte eine schwarze Lederjacke an und trug sein blaues Basecap, auf dem *Berlin* stand. Er wollte was sagen, aber er machte nur den Mund auf und wieder zu, wie ein stummer Fisch.

Dann warf er sich die vollbepackte Sporttasche über die Schulter und ging. Die Tür flog so laut zu, dass Mama auf dem Stuhl zusammenzuckte.

Sie lächelte mich traurig an. »Ab jetzt wird alles besser, Niklas. Versprochen!«

# TAG 7

Als ich am nächsten Tag zu Felix kam, stand George im Bad vor dem Spiegel und strich sich über den Anzug. Er war frisch geduscht und roch nach Parfüm.

»Los geht's«, sagte er auf Deutsch und marschierte zur Wohnungstür.

»Ich hab seinen Pass eingesteckt«, flüsterte Felix.

Wir liefen zur U-Bahn-Haltestelle Boddinstraße, stiegen am Hermannplatz in die U7 um und fuhren bis zur Endstation. Von dort ging es mit dem Bus weiter bis zum Flughafen Schönefeld.

Schon von Weitem konnten wir die Flugzeuge sehen, die landeten und starteten. Der Himmel war ganz blau.

»Wer is se leek?«, fragte George in sein Handy.

»Der See kommt gleich«, sagte ich.

Wir sprangen aus dem Bus und Felix raste vor ins Flughafengebäude. George schaute mich irritiert an. Ich nahm seine Hand und zog ihn hinterher.

»Komm mit«, sagte ich. »Es ist eine ganz tolle Überraschung!«

Wir stellten uns zu Felix. Er gab der Frau am Schalter gerade den Pass.

»Der läuft aber in zwei Tagen ab«, sagte die Frau freundlich zu George. »Sie müssen ihn verlängern lassen.«

Glück gehabt, dachte ich.

George schaute die Frau verlegen an, weil er sie nicht verstanden hatte.

Felix nahm das Ticket und den Pass und ich packte wieder Georges Hand und zerrte ihn zur großen Tafel, auf der man die Ankünfte und Abflüge sehen konnte. Jetzt mussten wir es ihm sagen.

Ich hielt ihm das Ticket unter die Nase und tippte auf London.

Felix zeigte auf die Tafel. »London! Um fünf!«

George schüttelte den Kopf und kapierte nichts.

»Mensch, unsere Überraschung«, rief Felix ins Handy und zeigte es ihm. »Deine Schwester wartet schon auf dich.«

Ungläubig starrte George ihn an.

»Wir haben sie gefunden! Im Internet. Du darfst wieder nach Hause kommen! Sie freut sich schon auf dich.«

George taumelte zu einer Bank, setzte sich und stützte seinen Kopf in die Hände. Ich setzte mich zu ihm.

»Wat did ju tell här?«, murmelte er ins Handy.

»Nur die Wahrheit! Dass du kein Geld mehr hast. Aber das war nicht so schlimm. Sie will dich trotzdem wiederhaben.«

Um uns herum wimmelte es von Leuten. Eine Gruppe Japaner mit ganz vielen Taschen schob sich an uns vorbei und quasselte durcheinander.

George hatte Tränen in den Augen.

Ich zeigte noch einmal zur Tafel. »In einer Stunde geht dein Flug.«

George schniefte laut. Und keiner von uns hatte Taschentücher dabei.

Ich musste auch irgendwie heulen, weil vor zehn Minuten ein Flug aus Palma de Mallorca gelandet war. Wieso kam Papa mich denn nicht mal besuchen? Und wieso war er überhaupt so weit weg?

Schnell wischte ich mir übers Gesicht. Ich merkte, dass Felix mich beobachtete, und grinste, als wäre nichts gewesen.

»Mit dem Finderlohn kannst du dir bestimmt einen Flug nach Mallorca kaufen«, sagte Felix leise. Er hatte erraten, warum ich traurig war.

»Na toll«, sagte ich.

»Das ist besser als gar nichts. Meinen Papa zum Beispiel kann ich nie mehr besuchen, das ist echt noch viel blöder.«

Überrascht schaute ich Felix an. Er hatte ja so was von recht! Ich hab schließlich noch meinen Papa und George hat seine Schwester. Felix ging es von uns allen am schlimmsten. Und er war komischerweise der Einzige, der gerade nicht heulte.

Ich atmete tief ein und stand langsam auf.

»Du musst los«, sagte ich zu George.

Wir gingen durch die riesige Halle.

Felix drückte ihm das Ticket und den Pass in die Hand. George umarmte uns, so wie es Fußballspieler machen, wenn die Mannschaft ein Tor geschossen hat. Dann ging er zum Check-in und ließ sich durchsuchen. Er musste sogar seine ollen Schuhe ausziehen.

Felix rümpfte die Nase. »Die stinken bestimmt!«

Bevor George hinter einer Wand verschwand, drehte er sich noch einmal zu uns um und hob den Daumen nach oben.

»Das wäre dann auch erledigt«, murmelte ich und schluckte meine Tränen runter.

Felix legte seinen Arm um meine Schulter und zusammen liefen wir zum Ausgang. Wir schauten noch eine Weile den abfliegenden Flugzeugen nach und stellten uns vor, wie George in seinem schicken Anzug und mit Hut in London ankam.

# TAG 8

»Auch wenn du jetzt ein Held bist, musst du trotzdem zur Schule!«

Meine Augenlider waren schwer wie Blei. Mama stand mitten im Zimmer. Sie hatte schicke Sachen an und wollte sich bestimmt irgendwo bewerben.

Ich stützte mich auf die Ellenbogen und blinzelte. »Wie spät ist es?«

Sie zog mir die Decke weg. »Viel zu spät. Wenn du dich beeilst, schaffst du es noch zur ersten Stunde.«

Langsam schob ich mich aus dem Bett.

»Du siehst blass aus, kein Wunder. Ich hab dir ein paar Stullen geschmiert, sie liegen auf dem Küchentisch.«

Auf der Straße schaute ich hoch zum Himmel und in die Sonne. Ob schon was über Felix und mich in der Zeitung stand?

Ich konnte mich gar nicht richtig auf den Unterricht konzentrieren.

Herr Altmeier schimpfte mit mir und Felix, weil wir unsere Hausaufgaben nicht gemacht hatten. Die hatten wir bei dem ganzen Stress echt nicht mehr geschafft!

Die anderen in der Klasse lachten uns aus, obwohl die

auch nicht gut in Mathe sind. Nur Hatice war wie immer nett zu mir.

»Ich kann nicht glauben, dass es ein Tag wie jeder andere ist«, rief ich später auf dem Schulhof. »Da macht man mal was Cooles und dann merkt es keiner!«

Felix und ich setzten uns auf eine Bank.

»Hab echt gedacht, dass uns jetzt alle toll finden würden«, schimpfte ich. »Aber es interessiert irgendwie niemanden, dass wir die Bankräuber aus dem Kiez verjagt haben, nicht mal die Lehrer. Aber sie nerven rum mit Hausaufgaben und so. Voll blöd!«

Wütend stampfte Felix mit seinen Turnschuhen auf die Erde. »Immerhin ist Murat jetzt auf unserer Seite«, sagte ich.

Felix nickte. »Immerhin.« Er schaute sich auf dem Schulhof um. »Vielleicht müssen wir einfach abwarten«, meinte er. »Irgendwann wird jemand über die Geschichte berichten.«

»Ja, aber wann? Wir haben doch nicht ewig Zeit!«

In dem Moment kam Herr Altmeier aus der Schule gerannt.

Er trug einen grauen Anzug und einen roten Schlips.

»Wo sind Niklas und Felix?«, schrie er Bülent an. Der zeigte mit dem Finger in unsere Richtung.

Herr Altmeier raste auf uns zu.

Felix riss die Augen auf. »Kriegen wir jetzt noch mal Ärger wegen Mathe?«

Herr Altmeier blieb vor uns stehen, atmete ein und aus

und grinste blöde. Es dauerte ewig, bis er endlich anfing zu reden.

»Niklas, das bist doch du?« Er schlug eine Zeitung auf. Es war der Berliner Tagesspiegel.

Er tippte auf das Foto. »Und das du, oder, Felix?«

Das Foto hatte der Journalist Rainer gemacht, in der Hasenschänke.

Es sah super aus. Felix hatte den Daumen nach oben gedreht und lachte.

»Und der Dritte auf dem Foto ist unser Kumpel Murat von der Rütli.«

»Jaja«, rief Herr Altmeier. »Den kenne ich von früher. Aber stimmt das? Ihr habt die Bankräuber gestellt?«

Der Artikel war erschienen! Und wir waren nun endlich berühmt!

Ich rammte Felix meinen Ellenbogen in die Seite, er knallte mir seinen Gips in den Bauch.

»Na, darüber kann man die Hausaufgaben wohl mal vergessen, was? Ihr seid rehabilitiert!«

Herr Altmeier lachte albern.

»Meinen herzlichen Glückwunsch! Das muss ich gleich mal allen erzählen. Wenn man dem Artikel Glauben schenken darf, seid ihr jetzt Helden!«

Er lief zurück ins Schulgebäude.

»Alter«, rief Felix. »Wir müssen sofort zum Zeitungsladen laufen und nachsehen, ob der Artikel auch in der BZ steht.«

Ich nickte. »Oder in der BILD!«

Den Tagesspiegel liest bei uns nämlich keiner, nur die Lehrer.

Wir rannten zum Laden am Columbiadamm. Der türkische Verkäufer war nicht zu sehen. Wir warteten zwischen Zeitungsstapeln, tausend Bierflaschen und ganz vielen Süßigkeiten. Nach einer Weile räusperten wir uns laut. Im Hinterzimmer rumpelte es und er kam endlich raus.

»Ja bitte«, brummte er.

»Den Tagesspiegel, bitte.« Felix sah zu mir hoch. »Den brauche ich für meine Mutter.« Er drehte sich wieder zum Verkäufer. »Und bitte auch die BZ und BILD!«

»Sonst noch was?« Der Verkäufer hatte strubbelige Haare und eine dicke Nase. Er zeigte auf die weißen Mäuse. »Die sind lecker, wollen alle!«

»O. k.« Ich legte schnell mehr Kleingeld auf den Tresen. »Vier bitte.«

Der Verkäufer gab uns die Zeitungen und die Tüte mit den Mäusen. Felix griff sofort rein und stopfte sich eine in den Mund.

Vor dem Laden blätterten wir den Tagesspiegel durch und fanden auf Seite fünf den Artikel und das Foto.

»Die kleinen Helden vom Herrfurthplatz«, las Felix mit vollem Mund. »Klein?« Er machte ein enttäuschtes Gesicht.

»Das ist keine gute Werbung für uns!« Ich schüttelte die Zeitung, um besser lesen zu können:

»Die beiden mutmaßlichen Bankräuber vom Hermannplatz sind gestern auf dem Tempelhofer Flugfeld gestellt worden. Dort war es zu einer fingierten Geldübergabe

gekommen, in deren Verlauf die Bankräuber überwältigt werden konnten. Ungewöhnliche Hilfe erhielt die Polizei von drei beherzten Neuköllner Jungen (Niklas, Felix und Murat, Foto), welche die Bankräuber in einen Hinterhalt gelockt hatten. Weitere Neuköllner Jugendliche verhinderten das Entkommen der Bankräuber. Aus noch nicht bestätigten Quellen heißt es, dass es sich bei den Räubern um die berühmt-berüchtigte Rocco-Bande aus Köpenick handelt, die bereits im Jahre 2011 einen Geldtransporter überfallen haben soll. Noch ist unklar, welche Rolle in der Angelegenheit der Engländer George W. spielt, der behauptet, der Bruder von Emma Watson zu sein. Gesucht wird der sogenannte Cowboy, der ebenfalls zur Bande gehören soll. Das Auto der Bande wurde inzwischen sichergestellt, zu dessen Identifizierung hatten ebenfalls die tapferen Neuköllner Jungen beigetragen.«

»Das hier ist noch viel besser!« Felix hielt die BILD-Zeitung hoch.

»Tapfere Neuköllner Jungs stellen fiese Rocco-Bande!«

Und in der BZ steht:

»Alarm auf dem Flugfeld – unser Kiez wieder sicher, dank Niklas, Felix, Murat – und Hello Kitty!«

»Echt vernünftige Überschriften«, rief ich begeistert und schaute Felix über die Schulter, um besser lesen zu können.

»Der Artikel in der BZ ist viel spannender geschrieben! Da sind auch mehr Fotos dabei.«

Die Fotos waren aber nicht von uns, sondern allgemeine Fotos vom Kiez.

Ein Kampfhund war drauf zu sehen, der Eingang zum Café Selig, zwei Mädchen auf Inlineskates, das City-Klo auf der Schillerpromenade, der Mann mit dem Papagei auf der Schulter, der Spielplatz vor dem Back-Shop und die Frau, die immer Pfandflaschen sammelt.

»Wie viel Geld hast du mit?«, fragte Felix.

»Ungefähr fünf Euro.«

»Ich hab vier. Wir geben das Geld jetzt für Zeitungen aus und verteilen sie im Kiez, sonst kriegt hier keiner mit, dass wir berühmt sind.«

Und wir liefen zurück in den Zeitungsladen. Der Verkäufer schüttelte den Kopf, als er uns die Zeitungen gab. Er legte ein paar zusätzliche Exemplare obendrauf. »Könnt ihr haben!«

Wir legten Zeitungen in der Mietschuldnerberatung, in der Galerie und im Weinladen aus, brachten ein paar ins Eiscafé am Herrfurthplatz und ins Herrfurtheck, wo uns ein betrunkener Mann aus müden Augen anschaute. »Trinkt ihr etwa schon Alkohol?«, fragte er und rülpste. Wir verzogen uns schnell.

Am Back-Shop stand Murat und spielte an seinem Handy rum. Als er uns sah, kam er auf uns zu. »Hab keine Zeit, geh gleich Fußball, wollte mal Hallo sagen.«

»Hallo«, murmelte ich.

Einige Kinder kamen vom Spielplatz zu uns rübergelaufen und umzingelten uns. Bülent und Erhan aus unserer Klasse waren auch dabei, Bülent hatte eine BZ in der Hand. »Krieg ich Autogramm?«

Zwei Mädchen aus der dritten Klasse zerrten an Felix rum, als wäre der ein Hund. »Du bist ein Held! Steht in der Zeitung!«

Felix wurde knallrot.

Erhan grinste mich an. »Echt cool!«

Murat schob die anderen einfach alle weg, kam zu mir und hielt sein Handy hoch. »Hab dir Anfrage geschickt!«

»Super«, sagte ich verlegen.

»Und dir auch«, rief er Felix zu. »Wir sehen uns!«

Dann drehte Murat sich um und lief die Straße runter. Darauf hatten die anderen Kinder nur gewartet, sie kamen wieder auf uns zugerannt.

Bülent stand der Mund offen. »Krass«, murmelte er. »Anfrage von Murat. Voll krass!«

»Ich warte schon Jahre drauf, schwöre«, rief Erhan und schaute mich anerkennend an.

»Respekt!«

Mit Erhan und Bülent würde es in der Schule bestimmt keinen Stress mehr geben.

»Lass uns verschwinden, das ist mir echt zu abgefahren hier!«, sagte ich.

Felix nickte. Wir waren beide ganz schön eingeschüchtert von so viel Aufmerksamkeit. Normalerweise beachtete uns ja niemand.

An der Kirche stand Wachtmeister Klose. Als er uns sah, winkte er uns zu sich.

»Hallo, Jungs, wann habt ihr denn den Cowboy das letzte Mal gesehen?«

»Vorgestern in der Hasenheide.«

»Danach nicht mehr?«

»Nein.«

»Na gut, den werden wir auch noch erwischen.« Er zwinkerte uns zu. »Aber besser ohne eure Hilfe.«

Hinter uns ertönte eine zittrige Stimme. »Herr Wachtmeister! Lassen Sie die Jungs in Ruhe!«

»Oma Hartmann!«, riefen Felix und ich gleichzeitig.

Sie trug einen riesigen Hut mit blauer Feder, rollte auf uns zu und stieß Wachtmeister Klose den Rollator an die Schuhspitzen.

Er machte erschrocken einen Schritt zurück.

»Das sind gute Jungs, hören Sie!«

»Das weiß ich doch«, sagte Wachtmeister Klose barsch.

In Oma Hartmanns Rollatornetz lagen Katzenfutterdosen und ein paar Tafeln Schokolade.

»Und wieso verhören Sie sie dann?« Ihr Gebiss klackte mal wieder beim Sprechen.

»Ich verhöre niemanden.«

Oma Hartmann legte misstrauisch den Kopf schief. »Stimmt das, Jungs?«

Wir nickten.

Langsam nahm Wachtmeister Klose seine Mütze ab und wischte sich die Schweißperlen von der Stirn.

»Sie sehen müde aus«, sagte Oma Hartmann vorwurfsvoll.

»Pah«, rief Wachtmeister Klose aus. »Kein Wunder bei dem Theater hier!«

Oma Hartmann griff mit ihren kralligen Fingern in das Netz und gab mir und Felix eine Tafel Schokolade.

»Gut gemacht, Jungs. Ihr seid sehr tapfer.«

Sie wackelte mit dem Kopf und reichte dann auch Wachtmeister Klose eine Tafel.

»Eigentlich sind Sie fett genug. Aber Sie kümmern sich immer so gut um Ordnung in unserem Kiez, das muss auch mal belohnt werden.«

»Super, Traube-Nuss! Meine Lieblingssorte«, polterte Wachtmeister Klose und griff gierig nach der Tafel. »Ich muss dann mal.«

Er winkte uns zu und lief rüber zum Herrfurtheck.

»Hört mal her.« Oma Hartmann kam dicht an uns ran. Sie roch nach Pfefferminze. »Nur damit ihr es wisst, ich werde das Geld, das ihr mir zugesteckt habt, der Bank zurückgeben. Schließlich habe ich jetzt ja gar nichts verloren. Was Recht ist, muss auch Recht bleiben.«

Keine Ahnung, was sie damit meinte. Aber ich fand es gut, dass sie ehrlich war, so wie wir ja auch.

Felix lief mit mir bis zur Haustür. Irgendwie war ich ganz glücklich, aber auch ein wenig traurig, weil unsere tolle Geschichte nun zu Ende war.

»Und was machen wir jetzt?«, fragte Felix.

»Wir überlegen uns was«, sagte ich. »Ein neues Abenteuer.«

»Morgen nach der Schule treffen wir uns und halten Kriegsrat, o. k.?« Und er lachte mich verschmitzt an.

Plötzlich war ich mir sicher, dass jetzt alles besser werden würde, so wie Mama gesagt hatte. Und darüber freute ich mich so, dass ich Felix umarmte.

Der erschreckte sich riesig. »Was ist denn los?«, rief er. Aber er war auch froh, das sah ich an seinem Grinsen.

Und wisst Ihr, was? Den besten Freund kann man ruhig auch mal umarmen.

# EPILOG

Es ist wirklich alles besser geworden und irgendwie kann ich das noch gar nicht richtig glauben. Ist aber so!

Kaminski ist endlich weg und Mama wieder so fröhlich wie früher. Er hat noch ein paarmal bei uns geklingelt und wollte wieder einziehen, aber Mama hat ihn jedes Mal weggeschickt. Glück für mich, aber Pech für Laura und Leon. Die sind manchmal echt traurig und tun mir leid. Ich spiele oft mit ihnen, weil ich ja weiß, wie das ist, wenn der eigene Papa nicht da ist.

Mama hat endlich einen Job gefunden und wird nächste Woche als Verkäuferin anfangen, unten am Hermannplatz. Aber das Wichtigste ist, dass wir uns alle wieder richtig gut verstehen.

Auch sonst hat sich viel verändert. In zwei Monaten fliege ich nach Mallorca, zu Papa. Mama hat ihn einfach angerufen und ihm gesagt, dass er sich mehr um mich kümmern soll. Und das macht er jetzt. Und Felix kommt mit, wir wollen dort Paragliding ausprobieren, zusammen mit Papa. Das wird bestimmt super!

Gemma hat uns vor ein paar Tagen eine Mail geschickt. George geht es richtig gut, seit er wieder in England ist. Er wohnt bei ihr im Haus und arbeitet auf einer Baustelle. Bestimmt trinkt er heimlich Bier! Vielleicht besuchen Felix

und ich ihn irgendwann mal. Und dann kenne ich außer Spandau, Mallorca und Waren an der Müritz auch noch London. Da soll echt viel los sein, Felix und ich sind schon ganz gespannt.

Und ich habe mich jetzt endlich getraut, Hatice zu fragen, ob sie mit mir mal ins Kino geht. Und wisst Ihr, was? Sie hat Ja gesagt!

Kein Wunder, ich bin ja jetzt auch berühmt.

Felix und ich basteln fast jeden Tag an unseren Drachen rum und haben beschlossen, später was mit Flugzeugen zu machen. Wir sind schon jetzt richtige Flugexperten!

Und weil Felix will, dass ich mit ihm zusammen studiere, hilft er mir noch mehr bei den Hausaufgaben. Ich habe mich in der Schule schon ein bisschen verbessert, an manchen Tagen macht sie mir sogar Spaß. Könnt Ihr Euch das vorstellen? Aber es stimmt!

Nur eine Sache hat sich nicht geändert. Am liebsten bin ich auf dem Flugfeld, zusammen mit Felix. Wenn es richtig windig ist, macht es am meisten Spaß. Manchmal füllt sich mein Drachen so doll mit Luft, dass er mich hochhebt in den Himmel!

Es ist dann so, als könnte ich fliegen.

Ganz ehrlich! Das ist der allerbeste Moment der Welt.

FSC
www.fsc.org
MIX
Papier aus verantwortungsvollen Quellen
FSC® C083411

CPI
Mehr Bäume.
Weniger $CO_2$.
www.cpibooks.de/klimaneutral

Natürlich magellan©

*Säurefreies und chlorfrei gebleichtes FSC®-Papier*
*Klimaneutral produziert*
*Dispersionslack auf Wasserbasis*
*Klebstoff lösungsmittelfrei*
*Zellophanierfolie ohne Weichmacher*
*Hergestellt in Deutschland*

1. Auflage 2015

Umschlaggestaltung: Christian Keller
ISBN 978-3-7348-4706-6

*www.magellanverlag.de*